푸른사상 시선 171

도살된 황소를 위한 기도

푸른사상 시선 171

도살된 황소를 위한 기도

인쇄 · 2023년 2월 26일 | 발행 · 2023년 3월 7일

지은이 · 김옥성
펴낸이 · 한봉숙
펴낸곳 · 푸른사상사

주간 · 맹문재 | 편집 · 지순이, 김수란, 노현정 | 마케팅 · 한정규
등록 · 1999년 7월 8일 제2-2876호
주소 · 경기도 파주시 회동길 337-16(서패동 470-6) 푸른사상사
대표전화 · 031) 955-9111(2) | 팩시밀리 · 031) 955-9114
이메일 · prun21c@hanmail.net
홈페이지 · http://www.prun21c.com

ISBN 979-11-308-2016-3   03810
값 12,000원

푸른사상
시선
171

도살된 황소를 위한 기도

김옥성 시집

푸른사상
PRUNSASANG

쉰 살이 되어 천명(天命)처럼 첫 시집을 묶는다

볕 좋은 봄날
응달의 잔설을 들여다보듯
내게 허락된
일몰들을 사랑해야겠다

일어나 다시 걸어가야 할 때다
비로소 먼길 떠날 채비를 다한 기분이다

2023년 1월
죽전의 법화루에서
김옥성

제2부 화개 시차

제3부 여행자

제4부   비애고지

제1부

검은 사제들

하루의 다비식

장엄한 다비식이다
누구의 장례일까
장작더미 같은 산마루를 화염이 휩싼다
각다귀 떼가 산만하게 날아오르고
물고기들도 튀어 올라 그의 마지막을 배웅한다
오늘 하루도 나의 스승이었구나
일몰의 하늘 아래서 나는 착한 학생이 된다

냇가에 앉아 조약돌 하나를 집는다
온기가 남아 있다
이것은 그의 유훈

마지막 불씨까지 꺼지면
초저녁 별들이 사리처럼 눈을 뜰 것이다

검은 사제들

가을걷이 끝난 들판 위에
떼 지어 내려앉는 그들을 보라
때가 되었다
나무들이 늑골을 다 드러내고
가시 떨기나무 덤불 속에서 시취(屍臭)가 흘러나온다
여기가 죽은 신의 무덤일지도 모른다고
검은 사제들이 합창하고 있다

깃을 칠 때마다 저승의 차가운 바람이
깃털 사이를 맴돈다
아직 감염되지 않은 가금과 가축들까지 생매장되고 있다
비명 소리가 바람을 타고 흘러온다
나는 그 소리를 들을 수 있다
직립한 백골들처럼
저기 저 자작나무들이 묵념하는 소리까지
무엇을 기다리느냐는 듯 몰아치는
바람에는

시베리아 설원의 냄새가 묻어 있다

바람이 불 때마다 생각났다는 듯이
짖어대는 그들의 합창은
깊고 무겁고 어둡고 혼탁하여
검은 날개들이 저녁 하늘을 온통 검게 뒤덮고
여기가 지옥이라는 듯이 미친 듯이
군무를 펼친다
이 지옥의 계절이 끝나고 이 땅에
봄이 도래하거든
그들은 동토로 돌아갈 것이다

등꽃

노트르담 종지기의 척추 같은
그의 그늘 아래
향기로운 종소리가 퍼진다

삼켜진 눈물들이
방울로
태어나 송이송이 맺혀 있다
가느다란 손가락들을 간신히 뻗어
허공에 흩어진 이름들을
불러 모으며

다시 바람에 날아갈 꽃잎일지라도
청보라 멍이 든
작은 호흡들끼리 맞대고서
일어서야 한다

지워지지 않을 얼룩일지라도
푸르고 맑은 향유에 얼굴을 씻은 듯

끝내 우리가
침몰할 허방을 딛고서
종을 울려야 한다
흔들릴수록
향기는 강해져야만 한다

늑골 드러낸 가슴이지만
작고 푸르른 꿈들이 무성하므로
강철 기둥이 휘어지도록
등뼈는

그의 공방에서

죽은 자들의 살결을 어루만진다
시체의 향기가 이토록 아름다울 수 있다니
죽은 나무의 시체들,
오래될수록 혈색이 살아나는 목재를
쓰다듬으며
나는 환생을 꿈꾸지 않는다
이 나무들이 썩지 않는 것은,
아니 더욱 생생하게 연륜을 드러내는 것은
마음을 비웠기 때문이다
가을날 바람에 흩어지는 나뭇잎을 보아라
나무들은 이미 헛된 것들을 전부
허공에 풀어주었다
살갗을 깊이 파고들었던 상처도
첫사랑의 기억도
거칠었던 수피는 이미 다 깎여 나갔다
남은 것이라곤 하얀 뼈
이 뼈는 내 것이 아닌 너를 위한 선물
서랍이 되어 네 추억을 간직하거나

소박한 장이 되어 네 생애를 전시해줄 것이다
그의 공방에서
나는 향기를 맡을 수 있다
서랍과 장은 언젠가 버려지고 썩어 없어질 것이지만
나의 기억 속에서 이 향기는 불멸이다
환생의 꿈마저 놓아버린 나무의,
흰 뼈의,
향기가 진동한다

도살된 황소를 위한 기도

피처럼 노을이 퍼진다 골목마다 집집마다
쌀 씻는 소리
밥 짓는 향기
화인(火印)처럼 이마가 불탄다
누군가의 육체로 연명하는
이 도시는 절대로 유령들에게 점령당하지 않는다

방금 전생에서 돌아온 사람처럼 창백한 얼굴들이 스쳐 지
나간다
피 묻은 육체가
악몽이 열리는 나무처럼 펼쳐져 있다
저 죽은 육체는 왜
이승에 정박한 닻처럼 무거운 것일까

심장을 파헤쳐보니 너의 슬픔은 한 송이
영산홍이었다
마지막 울음을 뱉어낸 너는 더이상 비명을 지르지 않았다
그러나 그의 귀에는

후생에서 들려오는 비명이 꽉 들어찼다
어쩌면 나는 그가 전생에서 도살한 짐승이었는지도 모르지
어쩌면 그는 내가 전생에서 도살한 짐승이었는지도 모르지
어쩌면 그는 수천수만 번의 생 동안 수천수만 번 자신을
살해한 자들을
도살하고 있는 것인지도 모르지
아무도 알아선 안 되지

순항하는 목숨들은 없는 것일까
그러게 순항하는 슬픔이란 애당초 없는 것이다
여기는 좌초한 목숨들이 흘러들어오는 곳
그는 빛바랜 일지에 오늘
도살된 육체의 이름을 기록한다
목숨이 갈라질 때마다 저절로 새어 나오는 비명의 기록은
생략한다

삼생을 몇 바퀴 돌고 온 듯 파리가 허공을 휘젓는다
썩은 살점을 찾는 것일까

남아 있는 온기를 찾는 것일까
아니면 피의 기억을 더듬는 것일까
그런 쓸데없는 생각이 괴롭혀왔기 때문에
그는 평생 외롭고 슬펐다

한때는 초식동물의 피에서 초원의
풀냄새를 맡기도 했다
싱싱한 생피를 마시고 옷소매로 피 묻은 입술을 닦고
초식동물처럼 초원을 내달리고 싶었다
풀처럼 거센 바람 속에서 아무렇게나 춤을 추고 싶었다
핏속에 적멸보궁이 있다는 깨달음을
얻었다고 생각한 때도 있었다

오늘도 무사히 잠들 수 있을까
잠에서 깨어나 푸른 하늘을 올려다볼 수 있을까
눈을 뜨면
피의 울음이 고인 하늘에 태어나 있지 않을까

월요일엔 산사에 들러 천수경을 외우리라

　그는 너의
　뛰는 심장을 기억한다
　심장 속에서 끊임없이 붉은 영산홍이 피고 지고 또 피었다
　피에서 피로, 피에서 꽃으로, 꽃에서 꽃으로 펼쳐지는 피
의 연대기에 대해 생각한다
　석양으로 떠나간 사람들은 붉은 꽃으로 태어났다
　짐승들도 사람들도 꽃으로 피어날 것이다
　그러나 그는 왜 너의 붉은 육신을
　먹어야 하는가
　나는 언젠가
　너를 먹지 않을 수 있을까

순식간에 공기가 바뀐다
　하늘에서 불타고 있는 구름 조각들을 올려다보며
　피 묻은 시체들에 대하여

부유하는 것에 대하여
흩어지는 것에 대하여
탄생하는 것에 대하여 더 깊이
생각하려다 그만둔다

곧 밤의 시대가 도래할 것이므로
우우 진군해오는
어둠의 자식들
울부짖는 짐승들의 형형한 눈동자와 나는

* 〈도살된 황소〉 : 렘브란트의 그림(1643년경)

내가 바람이었을 때

기억할 수 있네

내가 휘파람으로
무지개 물고기를 불러모을 때
구름은
제 엄을 싣고 언덕을 넘어갔네
언덕 너머에 무지개 마을
무지개 물뱀이 노래하는,
암장승 뒤꿈치에 박힌 돌멩이를 위한 노래
미당 생가 뒷마당 흙을 위한 노래
서울숲 모기 떼를 위한 노래
관악산 연주대 공기 한 줌을 위한 노래
모두가 다
그를 위한 노래였네
지나가는 구름의 귀를 달래는 나의 노래였네

그의 눈동자에 눈물이 고이네
그날

그는 구름이었네

당신도 구름이었네

내 노래를 따라 흘러왔네

무지개 요정 무지개 난쟁이

언덕 너머

무지개 구름이 사는 무지개 마을

그의 업과

나의 업과

당신의 업이 고여 있다는

꽃향기 몰아가는 바람의 지느러미

뺨을 스칠 때

법화산 마루에

언덕 넘어오는 무지개 바람 속에서

나는 그날들을

다 기억해낼 수 있네

나를 뒤쫓던 사악한 세력도

구름의 귓속에서
속삭이네
내가 다친 나를 치유하듯이
내가 바람이었을 때
내 속에서
뒤섞인 시간은
우리를 위해
무지개 물뱀의 노래를 불러주네

다음이나
그 다음 생도
아주 아프지는 않으리라네

목련

종소리가 들려온다
가지마다 신들의 처소, 흰 등이 켜지고
꽃들이 치는 종소리가 들려온다
아득한 꽃으로부터
소리의 손들
둥둥
콘크리트 벽을 두드려
창을 열면
각다귀 떼 날아올라 하늘을 뒤덮는데
보이지 않는 땅 밑에서
깊이를 알 수 없는 영혼 하나가
굶고 있다고 한다
꽃술들이 깨어나 펼친 날개 훠얼훠얼
춤을 추는 저곳,
밝고 맑은 꽃잎도 겹겹 펼쳐보면
붉은 지옥이 담겨 있어
꽃술마다
불타는 가시가 달려 있어

존자(尊者)는 어미를 찾는다 한다
천 갈래 만 갈래 길에서
춤추는 꽃술들 사이
발 없는 나비들이 날아와
지옥문을 서성거린다고 한다

* 목련(目連) : Maudgalyayana.

참나무 경을 외는 시간

참나무 참나무 참나무……
참나무의 자잘한 이파리들이
참된 나는 무(無),
라고 경(經)을 외어준다
그 경을 따라 외다 보면
나무와 나의
시침과 분침과 초침이 겹친다
나이테 속 깊은 곳에 가두어온
반지 하나가 풀려나와
하늘 끝까지 데굴데굴
굴러가서는
하얀 운판을 때린다
그 소리 마음속 날벌레들 깨운다

허공을 떠돌던 딱정벌레들
날개 접고 둘러앉아
전생의 숲에서 흘러나오는
수액을 마시고 있다

청동 날개마다
형제들의 얼굴이 떠 있다

아카시아

길을 가는데
바람 속에서 누군가 불렀다
돌아보니 아카시아 숲이었다
바람 속에서 향기가 진동했다
오늘은 스승의 날이라
나는 그를 바람 속에 사는 나의 스승이라 생각했다

숲은 푸른 안개에 잠겨 있었다
치렁치렁 매달린 흰 꽃송이들이 등불처럼 환하게 빛났다
그는 숲 한가운데에 서 있었다
몸에는 가시가 잔뜩 돋았고
부르튼 피부는 쩍쩍 갈라졌지만
얼굴은 천사처럼 하얗게 웃고 있었다

나는 오래도록 붙들려 있었다
푸른 안개가 걷히며
숲은 점차 연한 분홍빛으로 물들었다
그의 몸에 돋아난 가시들도 연분홍으로 빛났다

그러곤 점차 핏빛 노을이 숲을 휘감았다
그의 몸도 피가 흐르는 듯 붉게 물들었다
피의 향기가 진동했다

나는 내 몸을 부릴 수 없었다
땅거미가 짙게 깔렸다
그가 사라진 자리에
아름드리 아까시나무 한 그루가 우두커니 서 있었다
나는 내 마음에 박힌 가시 몇 개를 들여다보았다
가시를 뽑아냈고, 피 냄새를 맡았다
향기로운 피를 닦아내면서 나는
환한 꽃등 아래서 휘파람을 불었다
맑은 저녁이었다

바다를 건너는 새

사랑하거나 아니면 멸망하라
가련한 자들이여
다만 울지는 말아라
신께서 부르는 높은 노래의
날개가 되어
석양처럼 번져가라
바다를 건널 때처럼 한 번도
날개를 접지 말아라
부리로 단단한 구름을 쪼아
눈물을 쏟아 내리게 하고
가슴팍이 먹먹해지도록
바람과 바람과 또 바람의 장막을
폭설과 폭우를
빠르게 뚫고 지나가라
허공에서 번식하는 자들이여
추억은
사치이거나 광란이니
깃을 치고 날아올라라

아니면 다리를 잘라버려라
날아올라 파도치는 허공에다가
전신을 풀어놓아라
폐허가 폐허를 끌어안고
숲이 숲을 뒤흔든다
신께서 부르는 높은 노래의
날개는

화개 황어

일 년에 딱 한 번
섬진강 물에 매화 꽃잎 비칠 때 잠시 찾아온다는 손님

목포집이던가 옥화주막이던가
수조 속 황어 아홉

낚싯바늘에 찢긴 자리인지
유리 벽에 짓찧은 자국인지
이마가 헐어 있었다

구례군 산동면 시상리 내산리 위안리 좌사리
토지면 오미리 운조루 청보리밭길
화개장터
하동군 비파리
광양시 다압면 신원리 도사리
홍쌍리 청매실농원

산수유 마을 매화 마을

남도 꽃 마실 가는 길
화개장터

수조 앞에 쭈그려 앉아
내가 그를 알아보니
그도 나를 알아보고

목포집이던가 옥화주막이던가
꽃은 환한데

가릉빈가

법음이 들려온다
빈자의 새벽을 깨우는 천계(天界)의 음악
새 울음소리에는
아직 설산의 향기가 섞여 있다
맑은 마음 밝은 머리가
극락인지라

천고뇌음(天鼓雷音)
새의 울음소리가 무명을 쪼아대는
창가에서
은자에겐
시방세계에 더 즐거운 음악이 없다
내가
해독하지 못한 법문들

내가 새였을 때
아미타경 속에서 내가 부른 노래가
풀려 나온다

삼라만상이 깨어나는 소리
비익조(比翼鳥)와 공명조(共命鳥)와 더불어
가릉빈무를 추는 시간

석가의 시간
무명도 문장이 되는 시간
나도
깨달음에 이르는 시문을 붙들 수 있을 듯

새였던 사람들
사람이었던 새들이

벌레혹

껍데기 속에 누워본다
거기에서 나는 기억해낼 수 있다
너는 생인손을 앓고 있었지만
나는 꽃봉오리인 줄만 알고 마냥 기다렸다

누군가는 열매 같아 지켜보았지만
익지 않더라고 했다
생인손인 줄만 알았는데
나무는 스스로 자궁이 되어
생때같은 벌레들을 기르고 있었다고 한다

누군가 껍데기 속을 다녀갔다
그가 빠져나간 쪽에서 달이 뜬다
노루가 애타게 짖어댄다
책을 읽다 말고 붉게 타는 가을 마가목 숲을 건너다본다
저 숲에서
벌레들은 문득
네 냄새를 기억할 것이다

산수유 붉은 열매 사이로 잔별이 돋는다

지난봄 때죽나무 검은 가지에
연등 같은
흰 꽃이 내걸리고
흰 열매가 때죽때죽 열리는 동안
내내 너도
벌레혹을 기르느라 아팠을 것이다
괜찮다

못

저 못을 건너야
서방정토에 닿으리
기러기들의 소실점을 바라보며
하늘의
고요한 못을 생각하네
저 새들의 노래
기록할 자 아무도 없네
나무들은 바람의 현으로
수금을 켜고
소금쟁이는
남은 생만큼이나 좁은
못을 건너네
사람과 바람 사이에
못이 있네
번뇌는 쇠못이 되어
손바닥에 심장에 뇌수에
손길 가는 데마다
박혀 있네
저 불타는 못을 건너야
고향 집에 닿으리니

제2부

화개 시차

독나방

여기는 독방이다 벌레인 나는 아무것도 없이 다만 고독이 가득한 방에 담겨 있다 나는 사막이고 황야이다 지독한 독! 을 갖기 위하여 고독을 씹고 또 씹어야 한다 고독은 독이 되고 사막이 되고 자갈이 된다

목이 마르다 눈앞을 가린 창호지를 북북 찢어버린다 독가루가 바람에 날린다 흰 나비들이 솟아오르고, 새 떼가 흩어진다 낡은 창틀이 덜컥거리고 강바람이 밀려든다

독방을 찢어야 한다 더이상 씹을 것이 없으므로 빙하에서 불어오는 강바람을 맞아야 한다 온몸을 뒤덮은 독 묻은 털이 가시처럼 견디기 힘들어 나를 삼켜라 너의 창자를 억센 털로 짜악짜악 할퀴며 순식간에 독을 퍼트릴 테니, 스스로 미끼가 되어

광야이고 사막인 내게도 샘이 있어 턱밑 침샘에서 땀샘에서 마른 눈가 눈물샘에서 독이 차오르면, 네 몫의 독까지 짊어지고 활활 타오르는 불꽃 속으로 뛰어들 테니

길앞잡이 장례식

베란다 유리창을 닦다가
창틀 밑에 떨어진
길앞잡이의 주검을 찾아냈다
유리창에 이마를 짓찧으면서
내게 건네줄
다급한 전갈은 무엇이었을까

빛에 따라 색이 변하는
이 풍뎅이의 등딱지에는
금록, 금적, 금록청의
사금파리들이 촘촘히 박혀 있다

잡힐 듯 잡힐 듯하면서도
멀어지기만 하던 보석−풍뎅이,
그가 안내해주던 길은 언제나
종잡을 수도,
끝도 없었다

나의 길은 내가 앞장을 서는 게 옳았다

누가 누구를 탓할 수 있는가
나보다 빠른 날개들만을
좇았으므로

껍데기가 가볍다
서둘러 그를 바람에 띄워 보낸다

꽃길

— 여행자

만우절에 나는 떠났다
해제를 선포하는 농담 같은 마음이었다

저 꽃들은
눈에 비강에 망막에 고막에 허파꽈리에
담아두어야 한다
혈관과 세포와 살갗과 마음에 담아야 한다
카메라나 뇌가
붙잡은 것들은 죽은 꽃이다
세상 어디에 꽃잎을 위한 봉분이 있겠는가

사비성 사자루 부소산 고란사 고란초 백마강 낙화암
천은 문수 화엄 화개 쌍계
악양 평사리
남해 금산
꽃들이 만들어놓은
피의 항해가 끝나지 않는 자리에서

사월 내내 눈이 먼 것들

마음에 담아 온 꽃잎들은
썩기 전에
놓아줘야 한다
당신 안에
고여 있는 고요도 함께

화개 시차

동백나무를 심으면
동백꽃이 필까, 동백 씨앗이 맺힐까
그는 네 머리를 감기고 동백기름을 발라주겠다 했지
봄이 오면 은어가
섬진강 물을 거슬러 올라올까
거기에는 정말 상처가 없을까
황사바람 속에서
그는 지금 동백나무를 심고 있을까
꽃비를 맞으며 벚나무 아래에서
은어 낚시를 하고 있을까
낚싯줄 끝에 매달린 날렵한 은어가 파닥거리며
은빛 비늘에 햇살이 부서지며
그의 손가락 끝에서는 동백꽃 향기가 날까
동백기름 냄새가 날까
너는 낙동강 하구 어디쯤 뿌리를 내렸을까
네 머리카락에서는 꽃향기가 날까
미세먼지 바람 속에서
나는 마스크를 낀 채 탄천변을 걸으며

시궁창 냄새를 맡으며
비곗덩어리 잉어들을 희롱하며,
지금 섬진강에서는 동백꽃 향기가 날까
매화 향기가 날까, 벚꽃 향기가 날까
은어가 올라오고 있을까
날렵한 은빛 몸체가
수면 위로 튀어 오르고 있을까
낙동강 하구의 철새들은 떠났을까
엇갈린 시차 어디쯤이 나의 좌표일까
그는 지금 화개장에 있을까
너는 화개장을 다녀갔을까
나는 탄천변을 걸으며,
봄이 다 가기 전에 화개장에 들러볼까

신림사거리의 보들레르

버스를 타고 지나다가 골목 사이에서 너를 보았지
신림사거리를 지날 때였지
너는 불만 가득한 표정으로 방황하고 있었지
이 넓은 서울에서 그 많은 인파 속에서 네가 눈에 띄다니,
첫눈이 내리고 있었어

초저녁이었지만 너는 벌써 불콰하게 취한 모습이었지
손가락 사이에서 담배 연기가 피어오르고 있었지
파리의 뒷골목을 배회하는 보들레르가 떠올랐지
밤이 깊으면 너는 누군가의 멱살을 잡고
한바탕 소동을 벌일 것만 같았지
두 눈을 부라리며 세상을 꾸짖듯이

너는 몇 번의 각혈을 하고 수술대 위에 누웠지
전신마취에서 깨어난 뒤론
술을 마실 수도 담배를 피울 수도 없었지
네가 떠나자
나는 다시 소시민이었지

더이상 세상을 꾸짖는 짓도 하지 않아

그런데 내가 본 사람이 정말 너일까
환생한 보들레르일까
너는 여전히 악의 꽃을 찾는 밤의 산책자일까
너는 이미 세상을 떠난 사람이 아니었던가
첫눈 때문이었을까?
신사리, 거기가
네 청춘의 무덤이니

옻

불타는 사람이 기우뚱
걸어간다
검은 진물을 뚝뚝
떨어뜨리면서

살갗이 탄다
네가 가진 독이
처음
내게 옮겨왔을 때처럼

불꽃 나무 아래에서 나는 천생(千生)이나
만생(萬生) 동안
자갈길을 걸어온 사람인 듯
허리가 삐걱거리고
나무에게서 풀려난 이파리들은 머언 하늘에
흩뿌려져 있다

아가위 숲에서 날아온 엽서 한 장

깨알 같은 전갈이 적혀 있어
회랑에는 공허한 목소리들만 떠돌았다
두 손으로 귀를 막아도 우웅우웅
울리는

사바의 시간은 흐르는 물과 같아
닳아진 턱관절이
덜거덕거린다
껍질 밑으로 너무 진한
독액이 흘러서
배갈을 마셔도 취하지 않는
기억들이 내게로

불여귀

천 개의 생을 산다 한들
천 개의 생을 살았다 한들
천 개의 아픔을 앓았다 한들
천 개의 아픔을 앓는다 한들

오직
한 개의 생인 것처럼
오직
한 개의 아픔인 것처럼

만생(萬生)의 뒷날
천생(千生)의 전날

일천 개의 생을 살아온 것처럼
일만 개의 아픔을 앓아온 것처럼

천 개의 망각 천 개의 망각 천 개의 망각 천 개의 망각
그리고

다시 천 개의 생
그리고
다시 천 개의 망각

단
한 개의 생
단
한 개의 망각

밤을 새워 우는 저 새는

월식

누군가 헤매고 있는 것만 같아
습관처럼 자다 깼다
꿈에서는 무슨 징조인 듯 너의 커다란 눈동자가
잠시 감겼다 떠졌다
잠에서 깨어
꿈꾸듯 산책하는 동안
요란한 소리로 스포츠카가 한 대 지나갔고
한참 뒤에 자전거 한 대가 지나갔다
거리는 텅 비어 있었지만
고요하지는 않았다
내 그림자에 가려 네가 지워지고 있었을까
아니면 그 반대였을까, 둘 다였을까
아니면 서로를 다시 밝게 비추려고
주위를 서성이고 있었던 것일까
구름이 많아 붉은 달이 잘 보이지 않았지만,
가로등과 불 켜진 간판들이 거리를 밝게 비추어
어둡지 않았다
건너는 사람이 없었지만 누군가는 건너야만 한다는 듯이

신호등이 빨강에서 파랑으로 바뀌었고 공원의 숲에서
고양이들이 괴롭게 울었다
오랫동안 올려다보아도
별은 찾을 수 없었다
구름에서 벗어난 달은 여전히 붉고 어두웠다

어족들

가장 깊은 바닥에 닿아본 적이 있는가
물에 파묻힌 바닥
거기에서 잠을 자본 자들만이 어족의 자격을 얻는다
어둠 속에서 물관을 더듬는 족속들
바닥. 흙. 자갈. 모래.
바닥이 두려운가

두려움?
이미 물에 빠진 자에게도 공포가 찾아오는가
그러나 물에는 폐허가 없다
영혼이 바닥에 닿아봐야 진실을 볼 수 있지
나는 이따금 물의 영혼이 중얼거리는 소리를
들어본 적이 있어
시들어버린 수초 사이에서 사는 것들

돌. 자갈. 모래. 흙. 진흙.
물에서 태어나 물로 돌아간다

잠. 수면. 睡眠. 水面. 獸面.

물이 우리의 무덤이고 요람이다

그래서 어족들의 최후는 흙에 묻히지 않고 물에 흩어진다

물의 운구

물의 장례식

나무의 물관은 물에서 기원한 혈관이다

물속으로

뻗어 있는 실핏줄 같은 물관들

검푸른 기원을 거슬러 올라가면

여울에서

물은 불이 된다

여울. 범람. 유속.

세찬 물굽이. 세찬 강물 소리. 세찬 물소리.

고요한 물소리. 파도치는 소리

물결이 바위를 스치는 소리

모래를 쓸어가는 소리
자갈들이 자갈들을 비벼대는 소리

물속에서 부는 바람 소리
물의 영혼이 숨 쉬는 소리
멸종 직전의 어족만이 물의 얼굴을 알아보고 표정을 읽어
낸다

물의 날에 베인 물고기들은
먼 훗날 그게 상처였다는 것을 깨닫는다
가장 순결한 상처
물이 상처였다는
상처가 치유였다는
물이 돌아올 수 없는 강을 흘러 떠나고
오랜 시간 뒤에

묵언.

말 많은 자들은 여기서

소멸한다

흰 배를 드러낸 어족들

끝없이 흐르는 물속에서

말을 벗어버리고

어족(語族)은 비로소 어족(魚族)이 된다

군불을 지피며

백 년도 넘은 이 집
무너져가는 집채이지만
아궁이 하나는 청년이라
세찬 불길이 고래 깊은 곳으로 빨려 들어간다
이 집, 저 불꽃처럼
화려하게 타오르던 날들이 있었다

그러나
저 시커먼 고래 깊은 곳
몇 차례 무너져 내렸던 억장이
잠들어 있다
돌연 성난 듯 불타오르는 지귀(志鬼)여!
구들장 밑에서 잠자던 자여!
너를 깨워 미안하구나

몇 대가 탄생하고 성장하고 떠나간 이 집
한겨울 벌목장에서 등뼈를 다친 애비의 신음을
야밤의 칼부림을, 낭자한 그 핏자국을

언 땅에 갓난아이를 묻은 에미의 눈물을
구들장은 기억하리라
지귀여!
내가 너를 불에 데게 했다면
너를 다시 불타게 했다면 미안하구나
다시는 보지 않고 가까이하지 않으리라*

가거라, 백 년의 기억이여!
춤을 추며
굴뚝 밖으로
푸른 바다 밖으로 멀리 흘러가라!**

* "不見不相親" ―「心火繞塔」
** "流移滄海外" ―「心火繞塔」

바위 인간에 대하여

가벼운 사람일지라도
무거운 사람일지라도
사람의 사막에서
최후에는 모래 알갱이가 되거나
바위가 된다
그래서
바위의 심장에는 사막이 자란다
인간의 사막에서 바위는
탄생한다
깨부서져서 모래 알갱이가 될지라도

내 얼굴이 석양에 빛날 때
호주머니에서 동전이나
구겨진 천 원짜리를 찾는 동안
그는 지하에 얼굴을 묻고 있다
내가 내 바위에서 모래 한 알을 떼어
그의 손바닥 위에 떨어뜨린들

지하도마다 웅크린

사람의 어깨 위에는 바위가 얹혀 있다
발로 걷어차도
잡아다 가두어도
바위는 다시 그 자리에 웅크린다
걷어차는 당신의 발끝이 더
아플 것이다
그러므로 바위는 포획되지 않는다

당신이 당신 안에 바위를 기르듯이
내 어깨도 바위가 짓누르고 있다
그래서
그는 나보다 무겁고
당신은 나보다 무겁고
나는 나보다 무겁고
무겁지 않은 사람은 없다
무섭지 않은 사람은 없다

꽃배

누가 내 심장 속에서 양철북을 두드리는가
지구의 혈관을 떠돌던
작은 입자들이 여기 잠시 머물러
두근거리고 있다
기억하는가, 스무 살이나 스물한 살일 때의
이 설렘을,
먼 곳에서
벚꽃이 지자 배꽃이 피어날 때에

저 밤하늘을 올려다보며
쏟아지는 별과 은하수 너머
별자리에서 별자리로 옮겨 다니는 동안
나는
우주 밖의 우주, 그 우주의 바깥으로까지
흘러가곤 했다

눈을 감아도
꽃의 환(幻)은 지워지지 않는다
바람에겐 길을 묻지 말자

어디서나 더운 입김과 서늘한 바람이
교차하는 계절이다
뿌리 없는 자들이 허공에서 흔들린다
죽은 나무에게 누가 날개를
달아줄 수 있겠는가

나는 이제 꽃배가 된다
불어라 봄바람아, 근원을 알 수 없는
향기에 실려
꽃배들이 흩날린다

나를 이끌던 노예별은 더이상 나의 주인이 아니다
배꽃은
허공에서 잠시 꽃배가 된다
추락하는 일순간
나는 비로소
궤도 없는 혜성이기에

이제 우주 밖으로

돌아간다
아무도 붙들 수 없으므로
향기도 나를 놓아준다
코끝을 스치는 향기는 뜨거워도
차가워도 좋다
혈관 속을 쿵쾅 뛰어다니던
더 깊은 곳의 강물 소리도
꽃배가 되어

소금사막

소금 자판을 걷는다 사각사각 사막이 쌓인다 사막이 나를 덮는다 훔쳐낸 눈물은 흰 가루가 되었다 모니터 속 눈은 바다를 주시한다

관절들이 삐걱거린다 개는 사막을 건너고 있다 소금이 쌓여 생겨난 기둥 곁으로 사각사각 사막이 걸어 들어온다 소금 기둥이 허물어지고, 솟아오르고, 내 곁에 눕는다

벼랑과 벼랑 사이로 사막이 보인다 깨진 무릎이 덜컹거린다 빛이 커튼 틈새 유리창에 부딪힌다 때때로 나의 소금은 뜨거운 눈물방울을 떨어뜨린다 눈물은 뼈를 기르고, 가시를 기른다 뒤돌아보지 마라

검은 개는 볼리비아 우유니 소금사막 일만 이천 평방킬로미터를 횡단하고 있다

눈이 따갑다 벼랑이 뼛가루를 날린다 창밖으로 이어지는 빛이 명멸한다 침대 위에 소금이 쌓인다 생선들의 짜디짠 안구가 떴다가 사라진다 나는 소금사막을 건너고 있다

검은 개가 모니터 속에서 튀어나와

알래스카

몇 년 만의 폭설이었다
나는 시심을 잃어버린 지 오래였다

누군가 먼저 밟고 간
발자국을 따라가다 보면
언젠가 가보고 싶었던 알래스카에 닿을 듯했다

태양풍이 빛의 폭풍을 몰아오는 그곳에서
다시 불면증을 앓고 싶었다
떠돌던 빛이 풀어놓은 백야의 하늘 아래서
방황하고 싶었다

고향인 듯 낯설지 않은
빛의 향연
꿈속에서 보았던 것인지도 모르지만
하늘이 뒤집히는 듯 출렁이는 오로라를
나는 다시 만나게 될 것이다

설원 저 밑에
파묻힌 빛의 제국을 암시하듯
눈 위의 별들은 더욱 명징하다

제3부

여행자

사라센의 사랑

모래와 모래,
모래 사이에는 사랑이 없다
조각난 자에게 공허로 가는 길은 더 멀다

사람의 뼈 무덤 같은 흰 사구를 넘어서자 나쁜 피처럼 붉
은 모래벌판이었다
입안에서 자꾸 결별의 언어가 서걱거렸다

종루에 올라 하루 종일
죽은 사람들의 목소리로 외치고 싶었다
룹알할리,* 공허의 땅을 향해,

그가 속세에서 본 것들은 대개 환각이거나 착시였다 신기
루가 사라지자 삶의 또 다른 문이 열렸다 무릎이 깨진 사람
들이 눈을 부릅뜨고 있었다
당신의 조상도 난민이었다 만져보니 뒤통수에서 뜨거운
피가 흘러내렸다 누군가 등 뒤에서 돌멩이를 던진 것이라고
그가 일러주었다 직립하여 있는 것들의 딱딱한 그림자에 피

비린내가 묻어났다

　새의 깃털이 흩어져 있었다 그도 생존자였다 뜨거운 바람
이 태워버릴 듯이 달려들었다 사구 너머의 불빛이 밤하늘에
비쳤다 그곳에 소돔이나 고모라가 있을 것이라고 그가 중얼
거렸다 나는 저 먼 공허 지대를 찾아 스스로를 밀폐한 망명
자이다 나쁜 생각들을 가두어놓고 꽝꽝 못질하고 싶었다 그
는 여전히 장례식을 치르고 있다

　모래 폭풍이 수시로 도시를 덮쳤다 불과 전사의 모래 도
시였다 건물이 연달아 박살나고 사람들은 모래를 씹어 삼키
거나 신께 감사했다 며칠 간격으로 폭격과 테러가 일어났다
온몸에 다이너마이트를 칭칭 감고 자폭하는 자도 있었다 잔
해 밑에서 피투성이 소년이 소리쳤다 알 함두릴라!** 두 팔
과 두 다리가 잘려 나간 소년이,

　모래와 모래 사이에 분노와 증오가 불어나고 폭발했다 살
아남은 자는

절규하거나 모래 제국에 투항했다 그가 도착한 땅은 잿더미 같았지만

낙타와 양들의 천국이었다 거기서 그는 유목인이거나 순례자였다

선잠에서 깬 양들이 달이나 별을 향해 울었다 낙타는 좀처럼 울지 않았으나 언제나 철학적으로 보였다 당신은 사람의 사막에서 아무것도

보지 못한 방관자였고, 그는 황야를 건너는 무슬림이었다

소금 모래, 사막 같은 사람,
내가 나를 찢는다, 방황하는 한
그는 모래 인간이다
그래서 나는 공허를 사랑한다
당신도 흩어진 세계 속에 유실될 것이다

* 룹알할리 : Rub' al khali(The Empty Quarter)
** 알 함두릴라! : AI Hamdulillah!(신께 감사!)

여행자

— 장주(莊周)에게

너는 왜 유리 상자 안에 갇혀 있는 거지?

나는 흙이고 흙 속의 바람이고 바람에 실린 모래였다 숨
결인가 꿈결인가 꽃잎 스쳐서 돌아오는 호흡인 듯 흙바람
속에 향기가 묻어 있다 잃을 것이 없으므로 더욱 새하얀 꽃
잎에는 바람이, 바람 소리가 담겨 있다

날아가 유리 벽에 어깨를 부딪친다 애벌레였던 내가, 꽃
가루가 날린다 찢긴 날개 사이로 쏟아지는 꽃잎이 보인다
그물에 걸려 파닥파닥 버둥거렸을 그 날개

날개가 부러지더라도 꿈의 바깥 다른 공기에 가 닿고 싶
어 유리와 유리가 장벽을 쌓은 마을의 벼랑, 나는 구름을 딛
고서 꽃잎 꽃잎 꽃잎 꽃잎 꽃잎 꽃잎…… 아아 그 꽃잎들 사
이로 나의 날갯짓은 햇살에 부딪혀 빛 가루를 흩뿌리며

잠에서 깨어날 때마다 기억은 왜 자꾸
흐려지는 거지?

나의 날개는 어디로 갔지?

눈을 비비며
후욱 불리어가는 호흡인 듯

여행자
— 평행우주

중력 렌즈

나는 악력을 느낄 수 있다 나를 끌어당기는 중력의 손아귀, 중력 렌즈 너머 별의 환영을 본다 별과 별자리 사이에는 아직 태어나지 않은 나와 죽고 없어진 나와 가짜 우주가 살고 있다

양자의 바다에 거센 중력풍이 출렁인다 확률과 실재와 부재와 가상과 영혼으로 이루어진 우주에는 타인의 얼굴이 가득하다 얼굴 속의 미소와 얼굴 속의 환상과 슬픔으로 가득 채워진 인간을 기억한다

내가 나에게로 침강할 때에

나는 고원이다 정신마저 얼어붙은 거기에서 나는 차갑게 살아 있다 소슬한 바람이 페이지를 넘긴다 길섶에서 한 남자가 찢어진 영혼을 꿰매고 있다

혼비백산(魂飛魄散)

누가 나를 밤과 낮의 바깥에서 떠돌게 하는가 혼은 북두에 닿아 비가 내리고, 백은 흩어져 흙바람이 불어온다 좌표를 알 수 없는 시간 속에서, 총알보다 빠른 속도로 날고 있

는 지구 위에 흔들리지 않는 정신들이 펄럭인다 치욕과 열
망과 모멸과 독니와 분노의 파편이 온몸에 박혀있다 그가
외친다 인간의 땅에서 날아온 절망아 나를 내버려두렴!

화택(火宅)

전동차를 타고 지하로 빨려 들어가며 전동차를 놓친 나를
생각한다 그는 불타는 우주 어딘가에서 살고 있다 나보다
더 뜨거운 영혼만이 불타지 않는다 불타지 않는 것들만이
내 영혼 속에서 별이 되어 빛난다 양자의 바다에서 나는 불
타는 양자이다 그리고 나보다 더 뜨거운 영혼 속에서

여행자

― 말머리성운을 지나며

나는 내가 너무 가벼워 내 안에 나를 너무 오래
가두어두었다
성운과 성좌와 은하를 지나온 억만 살의 나를,
우두커니
울고 있던 말머리가 내다보았다
혼과 백을 어디다가 빼놓은
검은 말머리,
배후엔 찬란한 청색 성운이 빛났다

부레를 부풀리고 싶었고
밤하늘을 날고 싶었고
바다를 건너고 싶었고
열두 은하를 헤엄치고 싶었다
나는 민물고기였으므로
내 안의 작은 부레를
만져보고 싶었다
쓰다듬어주고 싶었다
안에서 문을 걸어 잠근

나의 부레야!

벼락이 때리고 간 듯
고막이 먹먹한 사람의
문밖에서
똑, 똑, 똑
방문을 노크해주고 싶었다

블랙홀과 웜홀과 화이트홀을 뚫고
나의 성좌가 빠르게 다가온다
억만조의 별들이 눈을 뜨는
나의 부레야!
천사이자 짐승이고 악마이자 성자이며
신이면서 미치광이인
인간들의 대지에 불시착한

백만 년 동안의 고독
— 위대한 보행자 랭보에게

나의 두 다리는 사원과 사막과 성곽과 지도에 없는 길을 건너갈 것이다 그리하여 나의 문장에는 고독이 가득하다 지구의 육체를 갈아입고 시간을 항해하는 가이아를 타고서, 인간의 혈통 속에서 번식하는 DNA를 이끌고서, 빅뱅 이전의 우주와 백만 년 뒤의 우주에서 나는 떠내려왔다

다시 우주의 가을이라고 한다 나는 맨발로 걷고 있다 나뭇잎은 떨어지며 고요한 허공에 조종을 울린다

기둥 하나가 보인다 몰락한 왕국의 신전이 있던 자리이다 허블 망원경 속에서 별들은 끊임없이 늙어서 죽고 다시 태어나고 있다 별들의 일대기를 읽으며 별들이 낳아놓은 잿더미와 핏덩이에서 새로 돋아나는 환(幻)을 본다

가장 위대한 문장들은 대지의 어둠 속에서 은둔하고 있다 글자들은 페이지를 펼치고 찬란한 천공을 날아오를 것이다

나의 안식을 무참히 짓밟은 짐승들의 흙 묻은 발과, 악몽 속에서 날마다 내 손을 잡아끄는 검고 억센 힘과, 탐욕으로 가득 채워진 부족들의 이름과, 억지와 야비와 교활과 비열과, 지옥에서 보낸 한 철을 폐허에 파묻고 왔다

그렇지 않다면 어찌 내가

백만 년 동안의 고독을 견딜 수 있겠는가

빛의 무리는 폐허의 발밑에 머리를 수그린다 나의 조사는

찬가이자 송가가 되어 가을 밖의 가을로 퍼져나갈 것이다

백만 년 뒤나 혹은 백만 년 전의 내가 여전히 걷고 있는

* 랭보에 대하여 베를렌은 "바람 구두를 신은 사내", 말라르메는 "대단
  한 보행자"라 하였다.
  그는 아프리카 하라르에서 해안에 이르는 죽음의 코스를 열다섯 번 이
  상 오갔다. 짐승들은 도중에 낙오되거나 목적지에 이르러 도축당하는
  지옥의 길이었다. 랭보는 거기에서 생긴 무릎 암으로 요절했다.
  ― 다비드 르 브르통, 『걷기예찬』, 김화영 역, 현대문학, 2003, 56쪽.

빙궁
— 우코크 언덕의 얼음공주에게

알타이 고원 우코크 언덕에는 궁(宮)이 묻혀 있다 고원의
바람 속에는 성난 파도가 산다 야생의 염소와 구름과 표범
과 사슴이 울부짖고 있다 고대의 정신이 흩날린다 봉인된
시간 속에서 나는 나의 주검을 들여다볼 수도 있다

전사이자 사제이며 시간 여행자인 내가 이 얼음 궁전의
주인이다 이제 나는 신성한 문서이니 나를 해독하라 누가
내 살갗에 새겨진 묵시의 말들을 낭독할 것인가

그리하여 석양은 황금산을 온통 금빛으로 물들였다 영구
동결층 아래로 알타이의 위대한 혈통이 흐른다고 한다 바람
은 육체 없이 사는 것들의 거처인지라 소리로 가득하다
햇살 가루 쏟아지는 소리, 구름이 산마루를 스치는 소리,
자작나무 이파리 바람의 결을 쓰다듬는 소리, 영구 동결층
갈라지는 소리, 빙하가 무너지는 소리, 죽은 심장이 다시 뛰
는 소리……
이천오백 년 전의 소리들이 살아나고, 소리는 향기로 다

시 태어난다

누가 봉인된 시간을 흔들어 깨웠는가 고원에서 흘러오는
바람에서 시간의 무늬는 고개를 수그리고 향기를 마신다 뇌
수와 창자를 꺼낸 그의 육체에는 짐승과 파도와 천둥의 문
양이 가득하다 시간의 별궁에서 나는 만년설이다 나는 향기
로 태어날 것이다

* 1993년 알타이산맥의 우코크에서 2500년 전에 죽은 20대 여성의 미라
  가 발굴되었다. 미라는 영구 동결층 아래의 얼음막 안에서 매우 좋은
  상태로 보존되어 있었다. 뇌와 내장이 제거된 채 방부 처리되어 있었
  으며, 살갗에 새겨진 환상 동물의 문신도 선명하게 남아 있었다. 그녀
  는 언론을 통해 '얼음공주'라는 이름으로 세계에 널리 알려졌다. '얼음
  공주'는 1995년에 국립중앙박물관 알타이 문명전을 통해 국내에서 전
  시되기도 하였다.

여행자
— 자기폭풍

폭풍이 달려온다 새들이 방향을 잃고 벽에 이마를 부딪힌다 유리창이 금 간다 자기폭풍 속에는 혈흔과 타액과 지문이 섞여 있다 나는 이마를 세우며, 스탠드를 끌어당겨 앞길을 비춘다 서적 속에서

입자와 입자를 잇는 가느다란 끈들의 암호가 떠오르고, 나는 해독한다 자판을 두드리는 손가락에 피멍이 맺힌다 보이면서 보이지 않는 끈이 별들을 엮어 별자리를 만든다고 한다

자기폭풍이 나를 건너는 중이다 해독되지 않는 입자들이 파동을 이루고 파동은 출렁이면서 지워진다 행간에는, 결론에 닿지 않는 길들이 펄럭이고, 끝을 알 수 없는 우주 사막이 나를 이끈다

나쁜 기류에 맞서 주문을 외운다 숲은 폭풍과 먹구름을 부르고, 피는 피를, 바람은 구름의 뼈를 불러낸다 연신 입술을 달싹거리며 낯선 시간 속에서 밀려 올라오는 멀미와 사투를 벌이며

기우뚱 책상이 흔들리고, 급강하한다 스탠드가 벽에 부딪히며, 흩어지는 활자들 사이로 입자와 입자들이 이어지면서

파동을 만들고, 파동과 파동 사이에 충돌하는 입자들 사이에서 나는 불타는 입자이고 파동이다

　창밖. 이탈한 우주 하나가 추락하고 있다 자기폭풍을 건너는 벼랑이고 암호인 내가

황소자리

다시
천 개의 심장이 뛴다
맑은 날
사람을 사랑하고 생물을 사랑하고 흙을 사랑하고, 공기를
그리고 별들을 사랑하고

천 개의 심장으로
두근거리듯 사랑하고
붉게 푸르게 번져가는
산처럼 들판처럼

핏빛,
그 동백나무들처럼
천 개의 심장을 뚝뚝
내 발등 위에
떨어뜨리면서

5월 18일 내 생일날

내가 다시

황소자리를 지나며

내 별들에게 붙여준 이름

아픔

슬픔

고픔

보고픔 배고픔 고달픔 서글픔 애달픔, 나보다 더 커다란
아픔

돌아보면

딛고 온 땅마다 삶은 빛나는 성지인 것을

저 별들에는 사람의 이빨이 박혀 있다

황소의

심장에 박힌 천 개의 흉터는

묵시의 숲으로

1.

숲을 걷는다. 목쉰 새들이 운다. 잠에서 갓 깨어난 꽃과 개구리들이, 동사했다. 낙인찍힌 자들은, 숲을 좋아한다. 들뢰즈의 노마드처럼, 궤도를 이탈할 수 있을까. 아도르노의 달팽이처럼, 내가 가는 길을 맛보고 냄새 맡고, 감촉을 느낄 수 있을까. 그러나 최후의 망명지는 검은 흙. 나도 그대도, 아사하거나 동사하거나, 냉방병이나 열사병에 시달리다가, 소멸할 것이다.

2.

검은 피를 흘리며, 죽어가는 구름의 파노라마를, 응시한다. 저 구름은 크리슈나의 수레, 여섯 번째 대량 멸종 시대를 향해 달리는. 쇠바퀴 소리, 말발굽 소리, 말발굽에 짓밟히는 사람들의 비명. 한때는, 새들의 성전이었던 숲으로, 말 탄 기사들이, 달려온다. 사시나무 작은 잎들, 낱낱이 떨고 있다. 쩌그노트를 호위하는 병정들, 흰 말, 붉은 말, 검은 말, 청황의 말, 말 탄 네 기사가, 바람의 속도로, 구름을 헤치고, 달려온다. 맑고 투명한, 바람의 안쪽에도, 먼지가 실

려 있는 법. 그대 또한 가라앉는 순간, 흙에 파묻힐 먼지일
뿐.

3.

예정된 종말이지만, 빙하가 빠른 속도로 녹아내리고, 자
본의 그물은 더욱 치밀해지고, 어떤 사람들은, 북극을 관통
하는 새 항로와, 남극 자원 개발에 대한, 기대로 들떠 있다.
얼마만큼의 자만과 겸손의 배합이, 그물에 걸리지 않는, 유
목 인류를 탄생시키는가.

눈동자 속에, 우주를 담고 사는 것들, 유리창에 이마를 부
딪치고, 비처럼 떨어져 내리는 새들, 불과 얼음 조각으로 뒤
범벅된 나무들, 다리가 잘린 것들, 가죽이 찢긴 것들, 피비
린내를 풍기며 어둠 속을 배회하는 설치류들, 내장이 다 드
러나 바닥에 끌리는 것들, 살갗에 버짐이 피어나는 포유류
들, 자동차 바퀴에 짓이겨진 얼굴들, 끔찍하거나 아름다운
것들, 풀밭이라는 환영 속에 서식하는 것들,

섬서구메뚜기, 꼽등이, 남방폭탄먼지벌레, 방아깨비, 연
가시, 개미귀신, 파리지옥, 작은소참진드기, 벼멸구, 뿌리

혹박테리아, 옴열바이러스, 블루크라운 코뉴어, 키젤리아 아프리카나, 옥세스 난곡누스, 미토콘드리아, DNA, 패각 속에 웅크린 것들, 흙이 꽃피워낸 가이아의 영혼들,

아직 살아 있는 것들, 공격하는 것들, 도망하는 것들, 끓고 있는 것들,

그들이 사는 묵시의 숲으로,

다가오고 있다.

이슬 인간

다른 세계로부터 그가 왔었지
다른 대천세계에서 왔다고 했지
그의 얼굴은 이슬처럼 맑았지
이슬 인간을 사랑해선 안 되지만
너는 사랑에 빠졌지
세 번째 해가 뜨면 그는 다른 세계로 떠날 것인데

너는 낙동강 하류에 뿌리를 내렸지
마실 수 없는 녹조 라떼의 악취를 마시며,
떠나고 싶지만
떠날 수 없는 땅이 되어버렸지
그가 어느 새벽에 이슬처럼 다시 돌아온다고 했으니까

고인 물은 썩는다
내가 말했지
고여 있는 인간은 썩은 인간이다
네가 말했지

녹조 라떼의 짙푸른 녹조를 바라보며
우리는 이슬 인간을 그리워했지
양희은의 목소리로 아침이슬을
목청 돋워 부르곤 했지
잡혀갈지도 모르니
소리를 낮추라고 누군가 귀띔했지

세 번째 태양도 가혹했지
아이들이 가라앉고 역병이 창궐하고
페스트보다 무서운
가뭄과 기근이 계시록처럼 닥쳐왔지
후보들이 연달아 낙마했지만
의인을 찾을 수 없었지,
페스트는 사라지지 않는다!
누군가는 카뮈의 경고를 기억해냈지
이슬 인간은 허구야, 그날은 오지 않아!
누군가 말했지

누군가는 메르스는 흔한 독감일 뿐이어요, 걱정 마세요
라고 우리를 비웃었지

너는 녹조 라떼가 잘 보이는
언덕 위에 올라 기우제를 올리자고 했지
어쩌면 이슬 인간은 이미
우리들 사이에 섞여 있는지도 모른다고 했지
너는 그의 맑은 얼굴을 잊지 못하고,
눈시울에 이슬이 맺히곤 했지
어리석은 나는
알 수 없었지

밀양

너는 흐드러진 복사꽃을 보며
마당 한구석에 복숭아나무를 심고 싶어 했지
과즙이 넘치는 열매를 떠올리며,
자연 재배를 꿈꾸며,
백석처럼 충왕(蟲王)과 토신(土神)에게 제를 올리고 싶다며,

시골은 그런 것이 아니다
겐지가 말했다
서리가 자객처럼 찾아왔지
서리의 칼날이 스치기만 해도 목이 떨어지는 채마들을 보
며,
달관한 듯한 착각에 빠지기도 했지

그가 달을 향해 울었다
매화 꽃잎이 강물 위로 날린다고,
상류에 도달한 황어의 울음소리가 들린다고,
영남루에 옛 친구가 찾아왔다고,

검은등뻐꾸기의 숲에 송전탑이 들어선다고 했을 때,

고압선의 울음소리를 듣고 살 수는 없다고,
포클레인과 덤프트럭과 전투경찰을 향해
너는 피가 섞인 침을 뱉었지

바람 속의 유리 조각이 목덜미를 할퀸다
들판은 온통 유리 가루를 뒤집어쓴 듯 반짝인다
소나무며 마른 풀잎이며 목련의 겨울눈도
순은으로 반짝인다
뱉어낸 더운 입김은 순식간에
눈썹이나 앞 머리카락에 상고대가 되어 맺힌다

그가 돌을 던진다
나무며 풀뿌리며 숲이며 들판이며
얼음 갑옷으로 철통 무장을 하고
빙벽을 타고 넘는 동안
각혈의 기억과 사투를 벌이는 동안

천성산 화엄늪으로

새벽노을 속으로 새들의 합창이 퍼졌네
곤줄박이와 박새와 진박새와 쇠박새와 오목눈이와
붉은머리오목눈이와,
화엄천지였네

풀밭 속 꽃들의 은하수 빛났네
고산식물의 중중무진 법계였네
북방산개구리와 무당개구리와 참개구리와
도롱뇽이 합창하는 땅이었네
참매 한 쌍
원효의 독경 소리처럼 허공을
선회하곤 했네
날개 끝끼리 스쳤다가 멀어지곤 했네
높은 하늘은
눈물방울처럼 푸르러졌네

삐비꽃 피고 지고 검은등뻐꾸기가 떠나고
화엄천지가 불탔네
허옇게 센 억새의 머리칼을 쓸어주며

목덜미까지 붉게 물들었네
새하얀 별들이 들창으로 쏟아졌네
내 마음의 고산습원이었네

그는 내원사 산지기였네
휘파람새와 호랑지빠귀와 오목눈이가 부처님이었네
붉은머리오목눈이 둥지 속 푸르스름한 알도
부처님이었네
새들의 울음소리
죽비처럼 어깨를 내리치곤 했네
도롱뇽의 이름으로
미친 세상을 향해
미친 사람처럼 소송을 걸고
화엄천지의 이름으로 지키고 싶은 것이 있었네

사람들은 여전히 비로자나 전신
여기저기 터널을 뚫고,
4대 강을 파헤치고,
그는 여전히

물과 흙과 풀과 싯다르타의 이름으로
거대 자본에 맞서 싸우고,
도롱뇽과 여치와 산고들빼기
숲의 큰 손으로
배에 구멍 난 아기 부처님을 다독여 잠재우고,

연화장 화엄늪에
보이지 않는 연꽃이 피고 지고
나는
내 마음의 화엄늪에서
미친 세상과 더불어

* 2003년 10월 '도롱뇽과 도롱뇽의 친구들'의 이름으로 경부고속철도 천
  성산 구간의 공사 착공 금지 가처분 신청이 제기되었다. 이에 대해 법
  원은 "자연물인 도롱뇽 또는 그를 포함한 자연 그 자체에 대하여는 현
  행법의 해석상 그 당사자 능력을 인정할 만한 근거가 없다"라고 도롱
  뇽의 당사자 능력을 부정하였다.

풍랑몽
— 나는 식민지 청년처럼

꿈에 내리는
비는 무겁다
무거운 비가 다시 내린다
배후에는 거대한 비바람이 파고를 높인다

창밖은 흑혈(黑血)의 바다 고목동굴(枯木洞屈)*
내가 이길 수 없는 바다
이빨 너머에 검은 목구멍이 보인다

아이를 잃은 아비는
술에 취해 거리에서 춤을 추고
시컴은 머리채 풀어헤치고
아우성하면서 가시는 따님*

모르는 사람들 사이에서 그의 얼굴을 찾다가
선산에 올라
조상의 무덤에 절을 하고

술잔을 올리고

갑판 위로 몽블랑보다 더 높은 파도**가 떨어진다
4월 16일
식민지 청년처럼 꿈을 꾼다
흔들리는 선실, 조국,
가라앉는 청춘들
속수무책이었던 부러진 손톱들
현해탄을 건너는 청년처럼

다시 내가
바다에서 보는 것은
이빨 너머의 검은 목구멍
유령의 나라
목구멍 속에 떠다니는 유령의 얼굴들
무거운 빗속에서 그는
싸우고자 한다

이빨과 목구멍과 아귀와 아가리와 유령 선박과 유령 자본
과

　이길 수 없는 바다와 유령 국가와

　＊ "흑혈(黑血)의 바다 고목동굴(枯木洞屈)", "시컴은 머리채 풀어헤치고/
　　아우성하면서 가시는 따님" : 김소월, 「열락」
　＊＊ "몽블랑보다 더 높은 파도" : 임화, 「현해탄」

여행자

― 유성우 아래에서

그날 밤 별똥별 무리가 쏟아졌다
연인들은 머리를 맞대고서 이어폰을 나누어 꽂고
그 아래 앉아 있었지
아름다운 목소리로 낮게 흥얼거리며

이제 그 잔해들이
쏟아져 내린다
오랜 시간 뒤의 검은 하늘에서
연인들의 목소리가 다시 흐른다
그날 연인들의 노래는 빛나는 별이었지
잊혀진 별들이
시간의 바깥에서 쏟아져 들어오는
저 빛나는 암호들,
그땐 이해하고 있었을까

 꿈에서 깨어나면 다시 꿈이었고 그 꿈도 다른 꿈의 꿈이
었지
 이탈하고 싶었다 껍질의 껍질을 벗기며

깨어나고 싶은 시간이 있었다

여긴 무덤이다
외곽의 외곽을 떠돌고 떠돌다가 마침내 귀환하는
찬란한 기억들의 장례식,
내가 해독할 수 없는 암호들이
땅에 떨어져 묻힌다
오늘 나는
조문객의 자격으로 밤하늘을
우러른다

배관공의 사랑

바람에 휘어지는 빌딩 아래를
걷다 보면
배관들이 연주하는 금관악기의 노래를
들을 수 있었어요

느낄 수 있나요?
63빌딩이 엠파이어스테이트 빌딩에게,
자유의 여신상이 에펠탑에게,
건너뛸 수 없는 거리에 붙박여 애태우는 연인들처럼
건축물이 머언 건축물에게 전해주는
내밀한 주파수를,

신림동 높은 산동네 낮은 자취방에서
자려고 누우면
꿈결인 듯 물소리가 들려왔습니다
누군가 수맥 때문에 잠을 이루지 못하는 것이라 일러줬
지만

사실 나는 배관들과 공명하고 있었어요

작은 돌멩이 하나도
우주라서
생명이 흐르는 혈관을 수없이 품고 있다고 해요
그 뒤로 두근두근
배관들의 심장에서 내 심장으로
내 심장에서 건물의 심장으로
맥박이 공명하는
금관악기의 구슬픈 노래에 뒤척이는 밤마다

아주 멀리 떨어진 건물들이 공명할 때면
쇳소리 나는 생체 리듬이 허공으로 울려 퍼지며
하늘을 찢었어요
언젠가 양평 용문사에서 보았답니다
천 년쯤 살면 나무도 한 채의 빌딩이어서
은행나무 한 그루

물관과 체관이 뒤엉키며 휘파람 소리로
울고 있었어요

구만육천오백 킬로미터*의 긴 배관을 따라
붉고 뜨거운
강물이 끝없이 흘러가는

내 육체 또한 한 채의 가옥이므로
그 멜로디를 잘 기억해낼 수 있어요
그게 정말 사랑이었을까요?

* 96,500km : 인체의 혈관의 총길이.

제4부

비애고지

11월 불일암 향목련

후련하다
이제 그는 열반에 들었으므로

나는 그의 몸에 새겨진
경전을 들여다볼 수 있다

마른 뼈가 허공에 지도를 펼치고
읽으라 한다
하늘소가 갉아놓은 길
딱따구리가 쪼아놓은 길
톱날에 잘려 나간 길
꽃향기가 머물다 간 길
"너는 지금 어디에 있는가"
스승이 묻는다

박새와 곤줄박이가 거기 앉아
경을 왼다
아름다운 소리다

마흔아홉의 가을날에

— 시호(詩浩)에게

생의 마지막 순간에
누가 이토록 아름다울 수 있을까

낙엽을 주웠다
여덟 살 딸아이의 손을 잡고 공원을 걸으며
아이야
언제일지 모르지만
네가 지켜봐야 할 아비의 마지막 순간이
이렇게 아름다우면 좋겠다

초록의 숲에 감추어져 있다가
하나씩 드러나는 본질이
이렇게 울긋불긋하면 좋을 텐데

땅에 떨어져서도 노랗고 붉은
이 고운 잎들처럼
땅에 묻힌 후에 아비의 추억이 아름답게 살아난다면
늦가을의 공원처럼

네가 홀로 남아도 기억만큼은 황홀해진다면

나는 저 나무들처럼 푸르게
나의 여름을 짙푸르게 살아왔을까
아니
네가 커가는 동안
나의 여름이 더욱 푸르고 무성해지겠구나
아이야
이 가을날에 너와 손을 잡고

고해

고해를 하고 싶어
해 지는 기슭을 바라보고 걸었다
붉은 꽃잎들을 떼어 보내며
가벼워지는 하늘
고해라는 말 속에 하루치의 피가 고인다
장밋빛 바다 앞에서
사제는 말이 없다

굽어보는 태양은 나의
멍든 사제
기슭에서 새들의 목소리가 재촉한다
서둘러 고백해야만 한다고

오늘 죽은 아벨은 누구였나요
천사가 되었나요
고여 있는 것들을 털어놓으면
가벼워질까요
장밋빛 깃털들이 날아다니고 있어요

오늘 죽은 아벨들이 천국으로 날아가고 있나 봐요
하루치의 피로 물든 사제는
아무런 말도 없이
장미의 향기만 남긴 채
산마루를 넘어갔다

소나무 수행자

아파트 작은 소나무 손바닥 위에도
눈송이가 내려앉았다
어제는 추워 보였는데
오늘은 따뜻해 보인다

사바는
참고 견디는 세상이란 뜻이다

견디지 않고
즐기는 연습이
출가수행이다

수행자는
사바 속에 머물지만
사바 밖에 산다

영하 21도, 이 추위를,
고통을 향유하며 살아가기란

쉽지 않은 일인데

온몸에 일만 개의 가시를 꽂고서도
가시 박힌 손바닥을 펼쳐 올려
눈송이도 부처라는 듯
모시고 서 있다
그가 눈사람처럼 웃고 있다
우리 동네 붕어빵 장수 최씨가
눈밭 위에서

민달팽이 여행자

지고 갈 집도 없다

세상이 아니라 내가
진창인지라

행자처럼
하늘로만 치켜 올라가는
두 눈!

헝클어진 마음 길 잃지 말라고

애기똥풀이 노란 애기 손바닥 내민다
톡,
끊어 들어 마음 밝히면
한 세상
환해진다
저 깊은 땅 밑으로부터
줄기를 타고 오르던 노란 물감
흙은 어린것들을 다독여
노란 똥을 뉘고
이것 보라고 연등 높이 내건다
쪼그려 앉아 들여다보면
손금 짚어나가듯
땅 밑 어둠을 더듬는 유충 하나
화강암에 살갗을 비벼대며
허물 벗는 내가
연등에 비친다

살구의 거리

만우절 창밖에 거짓말같이 꽃 축제가 벌어졌다
새로 이사 온 아파트라
일주일이나 일찍 깨어난 성질 급한 벚꽃인가 했는데

까맣게 잊고 지내다가 여름 다 되어
열매를 보고서야 아—
그게 살구꽃이었구나
깨닫는다

두 달 동안 벚꽃은 살구 열매가 되었다
거리를 헤아려본다
살구꽃과 벚꽃의 거리가 일주일
벚꽃과 살구의 거리가 이 개월

엊그제는 초등학교 때 헤어진 친구를 만났다
까맣게 잊었던 소년과
대머리 아저씨의 거리가 사십 년
버찌를 기대했었는데 소년은 살구가 되어 나타났다

까맣게 잊고 있었던 그 시절
그에게 나는
벚꽃이었을까 살구꽃이었을까

우리 동네 노점상에도 살구가 나왔는데
바구니 속에 올망졸망 들어앉은 살구들
사이엔 거리가 없어
폭신폭신하게 익은 살구 열매들은
어쩐지
냇물에 뛰어든 까까머리 그 촌 아이들만 같다

꽃샘

늦잠 자는 꽃봉오리에게
겨울잠 자는 개구리에게
어서 깨어나라고
찬 바람이 문 두드리는 것이다

호주머니에 손 꽂고 걷는 나에게
꽃 피는 봄이 왔으니
정신 차리라고
아이스 아메리카노 같은
차가운 입맞춤 주고 간다

묵은 냄새 털어내라고 외투에
꽃향기
묻혀주고 간다
얼음 조각 섞여 있어도 봄바람이라
시샘하는 것이 아니라
이끄는 것이라서

나는 언 입술로도 휘파람 분다

주머니에서 손 빼라고
갓 피어난 매화 꽃잎 하얀 손바닥 흔들고
발밑에서 민들레 노란 손바닥 내민다
움츠린 어깨들 저절로 펴진다

약속

오늘은 삼월 삼짇날이라
제비꽃이 피었다
제비꽃이 제비꽃인 이유는
제비가 돌아올 무렵 피기 때문이다
기특한 일이다
약속처럼 제비가 돌아왔다
제비꽃 위 전깃줄에 내려앉아
종알종알 지저귀는 소리가
지난 겨우내 마음에 담아놓은 말들인 것만 같아
전화기를 꺼내 오랫동안 보지 못한 친구에게
전화를 한다
봄이 오고 꽃도 폈으니 술 한잔하자
어떻게 지냈는가
지난번 그 일은 어떻게 됐는가
제비가 제비꽃에게 그렇게 말하는 것만 같아
제비꽃도 뭐라고 대꾸하는 것만 같아
산들바람이 내 가슴에도 불어오니
또 누군가를 생각해내고 전화를 걸어

제비처럼 수다를 떨고 싶어
봄이 왔으니
제비가 돌아왔으니
제비꽃도 피었는데

부활절

진달래가 피었다
아이들은 우련 붉은 참꽃을 뜯어 먹으며 자랐다
주일 학교에서 받은 삶은 계란은 맛있었다
주워온 꿩알에서 꺼병이가 깨어나기도 했다

늘 걷는 산책로 옆에 새가 엎드려 있다
설마 알을 품는 건 아니겠지, 죽은 새일까
들춰보니 구더기와 풍뎅이들이 우글거린다
그가 안간힘으로 품어낸 아수라,
속으로부터 썩어 들어가며 먹여 살린 우주,
스스로 무덤이 된
안으로부터의 부활

참꽃과 같이 먹는 부활절 달걀은 훨씬 맛있었지
언덕 위에 앉아 있으면
신작로를 지나가는 버스가 보이고
시장에서 돌아오는 엄마가 보였지

개밥바라기

바다의 끝으로 달려온
파도에서는
배고픈 개 밥그릇
핥는 소리가 난다
잘그락달그락
소금물에 삼백예순 번쯤
씻긴 것들은 모두
스스로 빛을 낸다
빈 양은 냄비처럼
석양을 머금은
별 하나

슬픔이 다 빠져나간 채
거기 떠 있다

4월의 졸업식

비가 가장 향기로운 날
벚꽃이 진다

오늘은 나무들의 졸업식 날
화려했던 나무들은,
이제 꽃다발을 내려놓고 일터로 가야 한다
벚꽃도 배꽃도 살구꽃도
곡우(穀雨)에
꿈을 띄워 보낸다

이제 열매를 위해 일할 시간
작업복으로 갈아입은 나무들이
농로를 따라 걷는다
농수로엔 나무들이 벗어던진
분홍 원피스가
흘러간다

들판은 초록의 말들로 수런수런

뿌리가 땅을 뚫는 소리
새싹이 자갈을 들어올리는 소리
새들은 새로 태어난 목소리로 지저귄다

곡우,
4월의 졸업식 날
버려진 꽃다발이 수로를 따라
떠내려간다

푸른 옷

참나무숲에 앉아
오래도록 기다리면
자벌레가 어깨 위에
가만 내려앉는다

저승에서 온 사자처럼
그가 내 생을 자질하여
관을 짜는 것이라고
생각한 적도 있다

그러나 마디마디
푸른 눈금 보면 안다
숲을 찾아온 손님들에게
푸른 옷 한 벌씩을
지어주고 있었다는 것을

내 숲의 은사시나무

　더위 먹은 마음을 씻고 싶어 뒷동산에 오른다 내 숲의 은사시나무, 자잘한 잎들을 흔들어 부채질해준다 파랗고 하얀 손바닥을 팔랑거리며 색칠도 해준다

　은사시나무숲을 거닐면 알 수 있다 빈 손이 얼마나 가벼운가를, 다 털어놓고 가라고 팔랑팔랑 흔들리며 솜뭉치 꽃을 띄워준다

　나는 왜 붙들려고만 했을까 계절이 바뀌고 차가운 날들을 맞아야 했다 혹한 속에서 나는 까맣게 다 타버렸다

　은사시나무숲을 거니노라면, 아무것도 쥐어본 일이 없는 은사시나무 하얀 솜털의 보드라운 손바닥이, 너무 많은 것을 움켜쥐려고 애쓰다가 깡말라진 내 손을 가만 잡아준다

비애고지

저 새들
비애의 고지 위에
줄지어 내려앉아
전별(餞別)의 노래 들려주네
비애고지 비애고지 비애고지 비애고지……

내 귀엔 무슨 다라니 같아
애별리고(愛別離苦)
원증회고(怨憎會苦)
구부득고(求不得苦)……
슬픈 경(經)이 풀려나오네

비애의 고지 위
저 새들
정든 집 버려야 하네
서역(西域)의 별자리가
일러주는 길 나서야 하네
높게 날아올라 산맥을 넘고

바다도 건너고
섬마을 야자나무 아래를 낮게 날아서

떠나면
다시 만나는 날 있으리라고
비애고지 비애고지 비애고지……
슬픈 다라니 들려주는데

비애를 모르는 나
옛집에 묶여
경을 뒤적이네
지지위지지 부지위부지 시지야
(知之爲知之 不知爲不知 是知也)

* 비애고지(비애고지) : 백석의 시 「대산동(大山洞)」에서.

'불타는 못'을 건너는 '여행자'의 시

이성혁

1.

김옥성 시인이 등단한 해는 2007년. 그의 첫 시집인 이 시집은 그가 등단 이후 15년(대학 시절부터 시를 창작하고 발표한 점을 감안한다면 30년) 동안 쓴 시편들을 담고 있겠다. 긴 기간 쓴 시편들을 담고 있는 시집이지만, 적어도 3부까지의 시편들이 보여주는 시 세계는 큰 편차가 없다. 4부는 다소 정제된 서정 세계를 보여주고 있는 데 반해, 3부까지의 시편들은 격정적인 말의 폭발을 보여준다. 이 시집 원고를 통독하고 떠오른 생각은 '말들의 벼락'이었다. 시를 따라가며 읽다 보면 말들의 격렬한 파도에 광기마저 느껴졌다. 김옥성 시인을 직접 만났을 때 느꼈던 단정한 인상과는 달리, 이 시집을 읽고 그의 마음속 깊은 곳에는 어떤 회오리, 소용돌이가 치고 있다는 것을 알게 되었다. 그는 「꽃배」에서 말한다. "누가 내 심장 속에서 양철북을 두드리는가/지구의 혈관을 떠돌던/작은 입자들이 여기 잠시 머물러/두근거리고 있다"라고. "눈을 감아도/꽃의 환(幻)은 지워지지 않는다"고. 그의 심장을 두드리는 피의 흐름과 지구의 혈관이 등치되고, 나아가 그는 "궤도 없는 혜성"이 되고는 "근원을 알 수 없는/향기에 실려" "우주 밖의 우주, 그 우주의 바깥으로까지/흘러가곤 했다"는 것이다. '우주 바깥의 우주'를 '꽃의 환'에 취해 떠돌아다니는 상상력, 그리고 그 무한우주를 자신의 혈관과 유추하는 상상력은 한국 시에서 흔히 볼 수 있는 것은 아니라고 생각한다.

방금 언급한 「꽃배」에서 볼 수 있었듯이, 김옥성 시인은 자신을 '궤도 없는 혜성'처럼 떠돌아다니는 자로 규정한다. 그는 떠돌이 '여행자', '바다를 건너는 새'다. 그를 날게 추동하는 것은 무엇인가? 사랑이다. 신의 사랑.

> 사랑하거나 아니면 멸망하라
> 가련한 자들이여
> 다만 울지는 말아라
> 신께서 부르는 높은 노래의
> 날개가 되어
> 석양처럼 번져가라
> 바다를 건널 때처럼 한 번도
> 날개를 접지 말아라
> 부리로 단단한 구름을 쪼아

눈물을 쏟아 내리게 하고
가슴팍이 먹먹해지도록
바람과 바람과 또 바람의 장막을
폭설과 폭우를
빠르게 뚫고 지나가라
허공에서 번식하는 자들이여
추억은
사치이거나 광란이니
깃을 치고 날아올라라
아니면 다리를 잘라버려라
날아올라 파도치는 허공에다가
전신을 풀어놓아라
폐허가 폐허를 끌어안고
숲이 숲을 뒤흔든다
신께서 부르는 높은 노래의
날개는

─「바다를 건너는 새」 전문

"신께서 부르는 높은 노래의/날개"란 '사랑' 아니겠는가.(이 신이 기독교적 신만을 의미하지는 않으리라.) 이 노래의 날개가 되는 것이 '바다를 건너는 새'의 임무다. 다시 말하면 시인의 임무다. 시인은 이 노래의 날개를 펴 날아가면서 사랑을 '석양처럼' 세상에 번지게 한다. 그렇게 세계를 사랑하지 못하면 멸망하는 족속이 '새─시인'이다. 비록 멸망할지라도 '새─시인'은 울지 않아야 한다. '새─시인'은 날아오르는 것을 운명으로 받아들이는 자이기 때문이다. '새-시인'이 되고자 하면 땅에 디딜 "다리를 잘라버려"야 한다. 그리고 "파도치는 허공에다가/전신을 풀어놓아"야 한다. 하여 "바람과 바람과 또 바람의 장막을/폭설과 폭우를/빠르게 뚫고 지나가"야 한다. 김옥성 시인은 이러한 '바다를 건너는 새'의 형상을 통해 신의 사랑을 퍼뜨려야하는 시인의 운명을 생각한다. 그것은 김옥성 시인 자신의 운명이자 시인으로서의 다짐일 것이다. 우주 밖을 뚫고 나가 다른 우주에 도달하고 또 그 우주를 뚫고 나가듯이 '바람의 장막'을 뚫고 나가야 하는 운명. 그러나 바람의 장막을 뚫고 나간다는 일은 쉬운 일이 아니다. 파도치는 허공, 비바람이 몰아치는 허공을 뚫고 나가다 보면, "새들이 방향을 잃고 벽에 이마를 부딪"(「여행자-자기폭풍」)치게 만드는 '자기폭풍'의 폭력과 만나기도 하는 것이다. 시인은 이 자기폭풍과의 '사투'를 통해 시가 써진다는 것을 다음과 같이 말하고 있다.

자기폭풍이 나를 건너는 중이다 해독되지 않는 입자들이 파동을 이루고 파동은 출렁이면서 지워진다 행간에는, 결론에 닿지 않는 길들이 펄럭이고, 끝을 알 수 없는 우주 사막이 나를 이끈다

나쁜 기류에 맞서 주문을 외운다 숲은 폭풍과 먹구름을 부르고, 피는 피를, 바람은 구름의 뼈를 불러낸다 연신 입술을 달싹거리며 낯선 시간 속에서 밀려 올라오는 멀미와 사투를 벌이며

기우뚱 책상이 흔들리고, 급강하한다 스탠드가 벽에 부딪히며, 흩어지는 활자들 사이로 입자와 입자들이 이어지면서 파동

을 만들고, 파동과 파동 사이에 충돌하는 입자들 사이에서 나
는 불타는 입자이고 파동이다

　창밖. 이탈한 우주 하나가 추락하고 있다 자기폭풍을 건너
는 벼랑이고 암호인 내가

—「여행자−자기폭풍」 부분

　자기폭풍에 휩쓸린 시인은, 멀미 일으키는 "해독되지 않는
입자들"의 파동에 출렁거린다. "파도치는 허공"이란 바로 이러
한 것이리라. 마음속으로 밀려오는 자기폭풍. 이 자기폭풍은
시인을 '우주 사막'으로 끌고 가고, 이 "끝을 알 수 없는 우주
사막"을 건널 수 있을 때 시인은 우주 바깥으로 나갈 수 있을
것이다. 이에 실패하면 자기폭풍에 휩쓸려 길을 잃고 미쳐버
릴 것이다. "나쁜 기류에 맞서"야 한다. 이를 위해 "주문을 외"
우고 "멀미와 사투를 벌"여야 한다. 이 사투 과정이 시 쓰기 과
정임은 이 시의 후반부가 말해준다. 자기폭풍이 일어나는 장
소는 바로 시인이 시를 쓰는 장소다. "흩어지는 활자들 사이로
입자와 입자들이 이어지면서 파동을 만"드는 일이란 자기폭풍
을 자기(自己) 안으로 체화하면서 그 폭풍을 헤쳐 나가는 방법
아니겠는가. 활자들을 흩어지지 않게 이으면서 자기폭풍의 파
도를 타며 파동을 만드는 것. 그것이 시 쓰기일 테니까. 하지만
이 활자들의 이음은 "파동과 파동 사이에" 입자들을 충돌시키
기도 할 것이다. 활자들의 이음과 충돌 사이에서 시인은 "불타
는 입자이고 파동"이 되며, 그리하여 불타며 추락하는 '우주 하

나'가 된다. 이 불타는 추락이야말로 시인이 자기폭풍을 건널 때 일어나는 사건이며, 이 추락은 시인−'나'−을 "벼랑이고 암호"로 존재케 한다.

위의 시에서 김옥성 시인의 시론을 읽어낸 셈인데, 그뿐만 아니라 위의 시는 이 시집에서 자주 만날 수 있는 강렬하고 격렬한 스타일을 잘 보여준다. 시적 주체는 무엇인가에 휩싸이고 부딪치며 부서지고 불탄다. 가령 "날아가 유리 벽에 어깨를 부딪친다 애벌레였던 내가, 꽃가루가 날린다 찢긴 날개 사이로 쏟아지는 꽃잎이 보인다"(「여행자−장주(莊周)에게」)와 같은 강렬한 진술을 보라. 불타고 찢어질 때 '꽃잎−아름다움'이 현현한다. 다시 말하면, 여행자인 시인의 내면으로 불어오는 폭풍으로 인해 일어나는 격렬한 충돌로 인해 '우주 하나'가 파열되고, 이 파열의 틈−"찢긴 날개 사이"−으로 우주 너머의 우주가 열리면서, 낯선 시간이 다가오며, 아름다운 꽃잎이 쏟아지는 환(幻)이 보이기 시작하는 것이다. 이 과정에서 벼락 치듯 연속해서 내리치는 말들의 격렬한 연쇄가 김옥성 시의 스타일 중 하나다. 그리고 그 스타일은 모든 경계를 돌파하는 성스러움−신의 사랑−으로 나아가기 위한 사투 속에서 형성된다.

2.

폭풍을 뚫고 나가고자 하는 '바다를 건너는 새'는 결국 불타서 바다로 추락할 것이다. 성스러움 그 자체에 우리는 다가갈 수 있을 뿐이지 도달할 수는 없기에, 아름다움의 현현을 본 새는 결국 날개가 불타고 찢어져 추락하고, 바다 깊은 바닥에 가라앉을 것이다. 그들은 거기서부터 다시 삶을 시작하고, 시를 찾아 나설 것이다. 바닥에 가라앉은 자들을 김옥성 시인은 「어족들」에서 '어족'이라고 부른다. "시들어버린 수초 사이에서 사는 것들"인 이 '어족'은 "영혼이 바닥에 닿아"본 이들이다. 이 "물에 파묻힌 바닥"에서 어떤 일이 벌어지는 것일까? 이 시의 중반부에서 시인은 이렇게 말한다.

> 돌. 자갈. 모래. 흙. 진흙.
> 물에서 태어나 물로 돌아간다
> 잠. 수면. 睡眠. 水面. 獸面.
> 물이 우리의 무덤이고 요람이다
> 그래서 어족들의 최후는 흙에 묻히지 않고 물에 흩어진다
> 물의 운구
> 물의 장례식
>
> 나무의 물관은 물에서 기원한 혈관이다
> 물속으로
> 뻗어 있는 실핏줄 같은 물관들
> 검푸른 기원을 거슬러 올라가면
> 여울에서
> 물은 불이 된다
>
> ―「어족들」 부분

하늘에서 추락한 자들은 내면의 심해로 들어가게 되는데, 그것은 수면(水面)을 통해 수면(睡眠)으로, 곧 잠의 세계인, 잠재의식의 세계로 들어가는 일과 같다. 그 세계 밑에서 점차 어족(語族)들인 그들은 짐승의 얼굴(獸面)로 변해가면서 말을 잃고 어족(魚族)이 된다(이 시 마지막 연에서 시인은 이 심해의 "끝없이 흐르는 물속에서" "말 많은 자들은" 묵언에 도달하여 소멸한다고 말한다. 그리고 이때 "말을 벗어버리고/어족(語族)은 비로소 어족(魚族)이 된다"는 것이다). 그것은 결국 물로 돌아가는 과정이 되는 것일 텐데, 단단한 돌이 결국은 진흙이 되어 물이 되듯이 심해의 어족들은 죽어 "물에 흩어"질 것이기 때문이다. 하지만 또한 물은 우리의, 이 세계의 '요람'이기도 하다. 물은 세계의 뭇 존재자들을 살게 만든다. 나무의 물관이 나무를 계속 살게 만들고 나아가 성장하게 만들듯이. 시인에 따르면, 이 물관은 "물에서 기원한 혈관"인 것이다. "물속으로/뻗어 있는 실핏줄 같은 물관들"이 진흙을 거쳐 지하로 스며들면서 세계의 혈관들을 형성하고 이 혈관들 덕분으로 세계는 자신의 존재를 형성하고 유지한다. 검푸른 심해에 뻗어 있는 물관들은 결국 세계에 생명을 가져다준다. 그렇기에 "물은 불이"기도 하다. 불이 생명을 상징한다고 할 때 말이다.

세계의 존재자들 속에는 나무에서 볼 수 있듯이 생명의 불이 흐르는 혈관 같은 물관이 있다. 이 물관이 나무 한 그루와 같은 하나의 우주를 형성하고 유지시킨다. 김옥성 시인의 아날로지적인 세계관에 따르면, "작은 돌멩이 하나도/우주라서/생명이 흐르는 혈관을 수없이 품고 있다고"(「배관공의 사랑」) 한다.

건물 안에도 혈관이 있다. 건물 속의 배관이 그것이다. 「배관공의 사랑」을 더 읽어보자. "신림동 높은 산동네 낮은 자취방"에 누워 건물 배관 속을 흐르는 물소리를 "꿈결인 듯" 듣는 시의 화자는, 그 "배관들과 공명"한다. 그 건물의 배관 속을 흐르는 물에 화자의 몸속 "구만육천오백 킬로미터의 긴 배관"(시인의 주에 따르면 "96,500km은 인체의 혈관의 총길이"라고 한다.)을 흐르는 피가 호응했기 때문이다. 이렇게 사물 속의 혈관들이 서로 호응하면서 세계의 존재자들은 공명하는 것, "물관과 체관이 뒤엉키며 휘파람 소리로/울고 있"는 "나무도 한 채의 빌딩이어서", "아주 멀리 떨어진 건물들"과 공명한다. 나아가 건물들의 공명 속에서 "쇳소리 나는 생체 리듬이 허공으로 울려 퍼지며/하늘을 찢"는다. 그렇게 찢긴 하늘 사이로 새 우주가 열리고 '꽃-시'가 나타나기 시작했으리라. 다시 말해 시는 시인이 자신의 혈관 속을 흐르는 피를 통해 사물의 혈관과 공명하면서 써지기 시작한다.

그래서 시인은 세계와 공명하여 시를 쓰기 위해 다시 여행의 길을 떠날 것이다. 공명은 피와 피가 서로 조응하며 떨려야 이루어진다. 단지 보고 기억하는 것으로만은 공명은 이루어지지 않으며, 그래서 시도 탄생하지 않는다. 꽃을 시적으로 포착한다는 것은, "혈관과 세포와 살갗과 마음에 담"(「꽃길-여행자」)는다는 것이다. "카메라나 뇌가/붙잡은 것들은 죽은 꽃"(같은 시)일 뿐이다. 그런데 추락한 자, 심해의 바닥에 닿고 말을 잃어버린 자가 자신의 피로 공명하는 대상은 무엇일까. 그 대상 중 하나는 "지하에 얼굴을 묻고 있"는, "지하도마다 웅크린/사람"(「바위 인간에 대하여」)이다. 이 노숙자들도 저 밑바닥까지 추락한 사람들이며 그들 어깨 위에는 심해의 수압처럼 무거운 "바위가 짓누르고 있"(같은 시)는 것, 역시 무거운 바위에 짓눌려 있는 시인은 이 자신 "안에 바위를 기르"는 지하의 '바위 인간'과 공명한다. 돌 안에 혈관이 있듯이 바위에도 혈관이 있다. 그 말은 바위에도 심장이 있다는 것을 뜻한다. 바위의 심장으로 통하는 혈관 속을 흐르는 피는 모래 알갱이다. 하여 바위 인간이 되어가고 있는 지하 인간과 이에 공명하고 있는 시인의 심장에도 모래가 쌓여 있는 사막이 자라고 있다. 나아가 바위에 짓눌리며 바위가 되어버리다가 결국은 박살나 모래 알갱이가 되어가고 있는 인간들의 도시는 모래 폭풍이 수시로 부는 사막과 같다. 시인은 이 도시를 다음과 같이 보여준다.

> 모래 폭풍이 수시로 도시를 덮쳤다 불과 전사의 모래 도시였다 건물이 연달아 박살나고 사람들은 모래를 씹어 삼키거나 신께 감사했다 며칠 간격으로 폭격과 테러가 일어났다 온몸에 다이너마이트를 칭칭 감고 자폭하는 자도 있었다 잔해 밑에서 피투성이 소년이 소리쳤다 알 함두릴라! 두 팔과 두 다리가 잘려 나간 소년이,

> 모래와 모래 사이에 분노와 증오가 불어나고 폭발했다 살아남은 자는
> 절규하거나 모래 제국에 투항했다 그가 도착한 땅은 잿더미

같았지만

　낙타와 양들의 천국이었다 거기서 그는 유목인이거나 순례
자였다

　선잠에서 깬 양들이 달이나 별을 향해 울었다 낙타는 좀처
럼 울지 않았으나 언제나 철학적으로 보였다 당신은 사람의 사
막에서 아무것도

　보지 못한 방관자였고, 그는 황야를 건너는 무슬림이었다

　소금 모래, 사막 같은 사람,

　내가 나를 찢는다, 방황하는 한

　그는 모래 인간이다

　그래서 나는 공허를 사랑한다

　당신도 흩어진 세계 속에 유실될 것이다

—「사라센의 사랑」 부분

　이 시의 1연에서 시인은 "모래 사이에는 사랑이 없"다고 말
한다. 서걱한 모래는 서로 융합되기 힘들기 때문일 테다. 모
래 도시에서도 사랑은 존재하기 힘들다. 그래서 그곳에는 "며
칠 간격으로 폭격과 테러가 일어"난다. 이 도시의 사람들은 하
늘의 신에게 사랑을 보내지만, 그들의 신에 대한 찬미("알 함 두
릴라")는 다이너마이트로 자폭하는 방식으로 이루어진다. 모래
도시에 대한 시인의 묘사는 중동에서 일어난 실제 사건을 보
여주고 있지만. 한편 우리 인간사를 알레고리적인 상징으로
제시한다는 의미도 있을 것이다(역사적 사실과 문학적 알레고리가 결
합되어 있다고 할 수도 있겠다). "모래와 모래 사이에 분노와 증오가

불어나고 폭발했다"는 사태는 몇천 년 동안의 인간 역사가 반복해서 보여주었던 것이다. "유목인이거나 순례자"인 여행자는 이 황야 같은 모래 도시를 횡단하면서 건넌다. 결국 그가 도착한 곳은 잿더미 같은 땅이다. 모든 것이 파괴된 그곳은, 하지만 평화로운 "낙타와 양들의 천국"이다. 사람의 사막을 방황하면서 잿더미에 도달한 '그'는 결국 "사막 같은 사람", '모래 인간'이 된다. '모래 도시'를 건너 잿더미에 도착한 '그'는 '나'가 되고 싶어 하는 시인의 상징적인 형상 아닐까. "내가 나를 찢"는 행위는 '나'도 '그'와 같은 시인 – '모래 인간' – 이 되고자 함이 아니겠는가.

3.

앞에서 읽은 바에 따르면, 김옥성 시인이 시인으로서 피를 통해 공명하고자 하는 대상들은 파괴와 죽음을 품고 있는 것이 많다는 것이 이해된다. 파괴되고 있는 대상들과 공명하고자 하는 것은, 모래 폭풍 부는 죽음의 세계를 횡단해야 "낙타와 양들의 천국"에 도달할 수 있기 때문일 것이다. 그래서인지 그가 시의 대상으로 포착하는 세계는 붉은 핏빛을 띤다. 「목련」을 보자. 이 시에서 시인은 "밝고 맑은 꽃잎도 겹겹 펼쳐보면/붉은 지옥이 담겨 있어/꽃술마다/불타는 가시가 달려 있"으며, 이 꽃술 사이를 "발 없는 나비들"이 춤추며 "지옥문을 서성거린다고" 말하고 있다. '목련'은 삶의 슬픔과 무상을 상징하는 소재로 시에 많이 등장하는데, 이러한 통상적인 감흥과는 달리 김옥성 시인은 목련에서 지옥을 발견하는 것이다. 「아카시아」에서는, "점차 핏빛 노을이 숲을 휘감"는 장면을 보여준다. 이 "피의 향기가 진동"하는 숲은 '그' 역시 감염시켜 "그의 몸도 피가 흐르는 듯 붉게 물들"인다. 이 장면을 보고 있는 '나' 역시 이 핏빛 세계에 공명하면서 마음에 아카시아 가시가 박히고, '나'는 그 가시를 뽑아내 그 세계의 "피 냄새를 맡"고는 향기로움을 느낀다. 피가 죽음을 연상시키거나 상징한다고 할 때, 시인은 죽음에서 향기를 감지한다고도 할 수 있다. 시인이 "죽은 나무의 시체들"인 목재에서 "환생의 꿈마저 놓아버린 나무의,/ 흰 뼈의,"(「그의 공방에서」) '불멸의' 향기를 맡고 있는 모습은 이를 뒷받침한다.

맑은 꽃잎에 숨겨진 지옥을 들추어내거나 피에서 향기로움을 느끼는 모습은 상당히 전복적이다. 이러한 전복성은 시인이 죽음의 세계로부터 시를 끌어올리려고 하기에 이루어지는 것 아닌가 한다. 핏빛 이후에 오는 색은 검은색이다. 「사라센의 사랑」에 등장하는 순례자가 폭격과 테러가 일어나 피가 낭자한 모래 도시를 횡단하여 검은 잿더미의 땅에 도달한 것처럼. 아래의 시는 죽음의 이미지가 독자를 압도하는 '검은 시'라고 하겠다.

가을걷이 끝난 들판 위에
떼 지어 내려앉는 그들을 보라

때가 되었다
나무들이 늑골을 다 드러내고
가시 떨기나무 덤불 속에서 시취(屍臭)가 흘러나온다
여기가 죽은 신의 무덤일지도 모른다고
검은 사제들이 합창하고 있다

깃을 칠 때마다 저승의 차가운 바람이
깃털 사이를 맴돈다
아직 감염되지 않은 가금과 가축들까지 생매장되고 있다
비명 소리가 바람을 타고 흘러온다
나는 그 소리를 들을 수 있다
직립한 백골들처럼
저기 저 자작나무들이 묵념하는 소리까지
무엇을 기다리느냐는 듯 몰아치는
바람에는
시베리아 설원의 냄새가 묻어 있다

바람이 불 때마다 생각났다는 듯이
짖어대는 그들의 합창은
깊고 무겁고 어둡고 혼탁하여
검은 날개들이 저녁 하늘을 온통 검게 뒤덮고
여기가 지옥이라는 듯이 미친 듯이
군무를 펼친다
이 지옥의 계절이 끝나고 이 땅에
봄이 도래하거든
그들은 동토로 돌아갈 것이다

—「검은 사제들」 전문

"가을걷이 끝난 들판 위", 생명의 기운은 점차 사라지고 이제 죽음의 계절이 올 것임을 고지하려는 듯 검은 새들이 내려앉아 있다. 이파리를 다 떨군 "나무들이 늑골을 다 드러내고" 있고 "덤불 속"에서는 시체 냄새가 벌써 흘러나온다. 이 겨울 들판은 신이 죽은 세계다. 검은 새들은 신의 죽음을 합창하는 사제들이다. 또한 이 들판에서는 "아직 감염되지 않은 가금과 가축들까지 생매장되고 있"다.(이 구절을 보면, 시인은 전염병이 돌아 많은 동물이 생매장되어야 했던 실제 사건을 재료로 이 시를 썼을 것이란 생각이 든다. 하지만 그 구절은 이 시의 맥락 속에서 상징적인 의미로도 읽을 수 있다.) 동물들의 비명 소리가 바람을 타고 울려 퍼지는 저 "깊고 무겁고 어둡고 혼탁"한 세계는 그야말로 지옥이다. 신의 죽음을 축하하며 합창하는 검은 새들은 지옥에서 온 사제들인 것, 이 사제들은 저 들판을 자신의 세계─지옥─로 만들겠다는 듯 "검은 날개들"을 펴서 "저녁 하늘을 온통 검게 뒤덮"으며 "미친 듯이/군무를 펼"친다.

이렇듯 「검은 사제들」은 신까지도 죽은, 죽음의 시공간을 숨 막힐 것 같은 어두운 이미지로 펼쳐내는데, 시인은 「묵시의 숲」에서 아예 종말로 향하는 세계에 대해 말하기도 한다. 이 시에서 '종말'은 마냥 상징적인 의미만을 띠지 않는다. 많은 과학자들이 경고하고 있듯이, 실제로 지구에 생명체가 살 수 없는 종말이 머지않아 다가올 가능성이 크다. 남극마저도 "자원 개발에 대한, 기대로 들떠 있"는 자본주의 문명의 탐욕이 지구를 황폐화시켰기 때문이다. 종말이 오면 숲도 사라질 것이다.

시인은 현재 황폐해져가고 있는 숲은 '예정된 종말'을 묵시록처럼 미리 보여준다면서, 이 묵시의 숲에서 생명들이 지금 어떻게 존재하고 있는지 다음과 같이 강렬한 이미지로 표현한다.

> 눈동자 속에, 우주를 담고 사는 것들, 유리창에 이마를 부딪치고, 비처럼 떨어져 내리는 새들, 불과 얼음 조각으로 뒤범벅된 나무들, 다리가 잘린 것들, 가죽이 찢긴 것들, 피비린내를 풍기며 어둠 속을 배회하는 설치류들, 내장이 다 드러나 바닥에 끌리는 것들, 살갗에 버짐이 피어나는 포유류들, 자동차 바퀴에 짓이겨진 얼굴들, 끔찍하거나 아름다운 것들, 풀밭이라는 환영 속에 서식하는 것들,
>
> ─「묵시의 숲으로」 부분

인간인 우리가 하찮게 생각하는 숲의 생명체들, 이 생명체들 역시 인간처럼 "눈동자 속에, 우주를 담고" 살고 있다는 것을 우리는 외면해왔다. 그래서 인간은 숲이 망가지든 말든 외면해왔으며, 결국 숲속의 생명체들은 위의 인용 부분이 보여주듯이 처참한 상태에 이르렀다. 그 생명체들은 추락하고, 얼고, 잘리고, 찢기고, 바닥에 끌리고, 짓이겨지며 겨우 숲속에 서식하고 있는 것이다. 인간에 의해 더욱 끔찍한 취급을 받는 생명체도 있다. 인간의 먹거리를 위해 도살된 동물들이 그렇다. 표제작인 「도살된 황소를 위한 기도」는 렘브란트의 〈도살된 황소〉를 시적 소재로 삼아 인간에 의해 벌거벗겨진 생명체에 대

한 시인의 시적 사유가 육중하고 격렬한 이미지를 통해 펼쳐지는 시다(〈도살된 황소〉는 목 잘리고 피부가 벗겨진 황소의 몸뚱어리가 사지가 벌려진 채 몸체로 걸려 있는 모습을 보여주는 그림이다). 이 그림을 보고 있으면 생명이 날것으로 발가벗겨져 있다는 충격적인 느낌을 받게 되는데, 시인은 이 그림이 보여주는 이미지를 "피 묻은 육체가/악몽이 열리는 나무처럼 펼쳐져 있다"고 표현한다. 그림 속에 피부가 벗겨진 채 펼쳐진 황소의 핏빛 몸체는 시인으로 하여금 죽음과 죽임에 대한 상념, 죽음과 삶의 뒤엉킨 연쇄, 피와 살을 통해 현상하는 목숨에 대한 '악몽' 같은 상념을 촉발시킨다. 상념을 표현하는 독백이 시에서 길게 이어진 후, 시의 후반부에서 시인은 역시 격렬한 어조로 다음과 같이 말한다.

> 그는 너의
> 뛰는 심장을 기억한다
> 심장 속에서 끊임없이 붉은 영산홍이 피고 지고 또 피었다
> 피에서 피로, 피에서 꽃으로, 꽃에서 꽃으로 펼쳐지는 피의
> 연대기에 대해 생각한다
> 석양으로 떠나간 사람들은 붉은 꽃으로 태어났다
> 짐승들도 사람들도 꽃으로 피어날 것이다
> 그러나 그는 왜 너의 붉은 육신을
> 먹어야 하는가
> 나는 언젠가
> 너를 먹지 않을 수 있을까

순식간에 공기가 바뀐다
하늘에서 불타고 있는 구름 조각들을 올려다보며
피 묻은 시체들에 대하여
부유하는 것에 대하여
흩어지는 것에 대하여
탄생하는 것에 대하여 더 깊이
생각하려다 그만둔다

곧 밤의 시대가 도래할 것이므로
우우 진군해오는
어둠의 자식들
울부짖는 짐승들의 형형한 눈동자와 나는
　　　　　　　　　　　—「도살된 황소를 위한 기도」 부분

　　김옥성 시인의 아날로지적인 우주관에서는 우주의 모든 사물들은 핏줄을 통해 연결되고 공명한다. 그래서 저 도살된 황소의 심장에는 "끊임없이" "피고 지고 또 피"는 '붉은 영산홍'의 피가 흐른다. 영산홍과 황소는 대지의 핏줄을 통해 이어지고 있는 것, 황소의 심장에서 흐른 피는 대지에 스며들고 대지에 스며든 피는 꽃을 피운다. 땅에 떨어진 꽃의 피는 대지 안으로 흐르고 그 피를 마시며 황소는 자신의 생명을 키운다. 피의 연대기. 꽃으로 피어나는 황소의 피. 사람도 역시 마찬가지다. "석양으로 떠나간 사람들은 붉은 꽃으로" 다시 태어나는 것이다. 사람이나 짐승이나 붉은 꽃으로 다시 피어난다.(그래서 황소나 사람은 같은 종이라고도 할 수 있다. "왜 너의 붉은 육신을/먹어야 하는가"

라는 질문은 이를 바탕으로 한다). "피 묻은 시체들"은 부유하고, 흩어지고, 다시 탄생할 터, 도살된 동물들은 인간의 시대인 '낮의 시대'가 가고 '밤의 시대'가 오면 그 피의 영원회귀를 통해 이 세상 안으로 다시 진군해 올 '어둠의 자식들'이다. 시인은 이 어둠을 미리 횡단하면서 "울부짖는 짐승들의 형형한 눈동자와" 먼저 마주하는 사람이라고 할 수 있다. 그렇게 시인은 세계 속에 내재하는 감추어진 죽음을 발견하고, 그 죽음이 다시 이 세상으로 돌아오는 미래의 모습을 환(幻)을 통해 포착하고 기록하는 일을 한다. 이 시집에 죽음의 이미지가 가득한 것은 그 때문이겠다.

4.

이 시집에서, '여행자'로서의 시인은 세계의 이면에 감추어진 죽음들을 들추어낸다. 그것은 인간 세계에 내재한 죽음과 폭력성을 드러내기 위한 것이기도 하지만, 한편으로 시인 자신이 다른 우주로 나아가기 위해 지금 여기 있는 우주의 죽음을 통과해야 하기 때문이기도 하다. 죽음의 세계를 가로지르면서 지금 여기 우주의 경계가 찢어지고 다른 우주가 열리며 시가 현현한다. 이 세계에서 저 세계로, 하나의 죽음을 거쳐 가면서 정처 없이 여행하는 것, 그것이 김옥성 시인이 생각하는 시인의 길이다. 그는 「못」에서 이 여행의 목적지를 '서방정토'이자 '고향 집'이라고 밝히고 있다. 즉 목적지는 해탈, 죽음이다. 그곳으로 가기 위해서는 "사람과 바람 사이에" 있는, 삶과 무 사이에 있는 "불타는 못을 건너야" 한다. 이 뜨겁게 불타는 못을 건너면서 붙잡은 시의 기록이 이 시집이다. 그것은 하나의 죽음에 이르기까지의 기록이라고도 할 것이다. 그 하나의 죽음에 다다랐을 때 한 편의 시가 완성될 것이다. 그런데 이 하나의 죽음은 다른 삶으로의 부활이 될 수도 있다. 어떻게 죽음이 다른 삶의 부활이 될 수 있는가.

> 늘 걷는 산책로 옆에 새가 엎드려 있다
> 설마 알을 품는 건 아니겠지, 죽은 새일까
> 들춰보니 구더기와 풍뎅이들이 우글거린다
> 그가 안간힘으로 품어낸 아수라,
> 속으로부터 썩어 들어가며 먹여 살린 우주,
> 스스로 무덤이 된
> 안으로부터의 부활
>
> —「부활절」 부분

"스스로 무덤이" 되고, 그 무덤이 나무의 '벌레혹'처럼 "생때 같은 벌레들"(「벌레혹」)이 살아갈 수 있는 우주를 마련해줄 때 하나의 죽음은 "속으로부터 썩어 들어가며" "안으로부터의 부활"을 이루어낼 수 있다. 김옥성 시인은 우주가 이렇게 죽음과 부활을 통해 존재한다고 생각한다. 그러니 그가 도달하고자 하는 죽음은 부활을 전제한다. 삶이 죽음보다 앞선다. 하지만 부활이 이루어지기 위해서는 다른 존재자들의 삶을 위해 죽은 자신을 내어줄 수 있어야 한다. 모든 죽음이 부활될 수 있는 것은 아닌 것이다. 죽음을 통해 사랑을 실현할 때 부활은 이루어진다. 이 사랑이 바로 '신의 사랑' 아니겠는가.

　불타는 못을 건너 하나의 죽음이 완성되어 이루어진 한 편의 시 역시 부활할 수 있다. 그 시가 부활할 수 있기 위해서는, 그 시가 벌레들을 먹여살릴 수 있는 하나의 무덤이자 우주가 되어야 한다. 즉 신의 사랑을 실현하며 세계에 퍼뜨릴 수 있어야 한다. 그런데 시 속에서 살아나는 벌레들이란 무엇일까? 시를 구성하는 말들 아닐까? 하나의 우주가 완료된 시가 무덤이 되고, 그 시 속에 있는 말들이 꿈틀대며 시를 갉아먹고 살아간다. 그때 하나의 죽음인 시는 부활한다. 그 '벌레들—말들'이 시에 혈관을 내고 피를 흐르게 하기 때문이다. 그리고 그 혈관은 독자인 우리 마음속을 흐르는 혈관과 공명하기 시작할 것이다. 그리하여 신의 사랑에 우리는 감염되기 시작하고, 시는 독자의 마음속에서 "바다를 건너는 새"가 되어 부활하는 것이다. 이 시집의 시편들도 그러한 부활을 기다리고 있다.

李城赫 | 문학평론가